西部向西

肖云儒 著

西 安 出 版 社
西安曲江出版传媒股份有限公司

图书在版编目（ＣＩＰ）数据

西部向西/ 肖云儒著. —西安： 西安出版社， 2015.12
（2021.4重印）
　（丝绸之路丛书）
　ISBN 978-7-5541-1336-3

　Ⅰ.①西… Ⅱ.①肖… Ⅲ.①中国文学 — 当代文学 —
作品综合集 Ⅳ.①I267

中国版本图书馆CIP数据核字(2015)第306703号

丝绸之路丛书

西部向西
Xibu Xiangxi

作　　　者：肖云儒
出　　　版：西安出版社
　　　　　　（西安市长安北路56号）
电　　　话：(029)85253740
邮政编码：710061
网　　　址：www.xacbs.com
发　　　行：西安曲江出版传媒股份有限公司
　　　　　　（西安曲江新区雁南五路1868号影视演艺大厦14层
　　　　　　11401、11402室)
印　　　刷：合肥瑞丰印务有限公司
开　　　本：889mm×1194mm　1/32
印　　　张：8
字　　　数：220千
版　　　次：2016年1月第1版
印　　　次：2021年4月第4次印刷
书　　　号：ISBN 978-7-5541-1336-3
定　　　价：32.00元

读者购书、书店添货或发现印装质量问题，请与本公司营销部联系、调换。
电话: (029) 68206233　68206222 (传真)

目录 CONTENTS

辑一　丈量丝路

辑二　神思西部

辑一

丈量丝路

丝路起点长安，我的城

世人对西安太熟悉。这次丝绸之路申遗，就有五处入选世界文化遗产：汉未央宫，唐大明宫遗址，大、小雁塔，玄奘舍利子存放地点兴教寺。这些文化遗存西安人每天阅读，国内外许多人也耳熟能详，用不着我多说了。随着车队渐行渐远，我想用抻长了的空间距离，筛选、简化心中对长安城的印象，那就是：一颗"印"，两个"心"，两条线。

钟楼是西安的中心，也是这座城市的标志之一。我给钟楼撰写过一副对联，现镌刻在入口处的柱子上。上联是：阳春烟景八百里秦川唯此楼坐镇；下联是：大块文章五千年华夏赖斯玺钤印。说的是钟楼坐镇八百里秦川，像一颗金印在华夏历史上盖下了自己的章子。其实确切地说，钟楼只是这个金印上边的瑞兽，整个印章应该是西安城墙周长十几公里的那个方框。西安城外的曲江池，则是一池上好的印泥了。这副对联极言西安在陕西、在中国的重要性。长安应该是中国乃至世界古代史的上篇中最精华的篇章，又是中国现代史中昂扬向上的旋律。

如果说中国地图状若一只朝东司晨的金鸡，西安则大致处于这金鸡的心脏部位，谓之"鸡心"应不为过。又如果说，整个中华民族的历史文化有如一部内存很大的电脑，那么不夸张地说，西安完全可以称为这部电脑的"机芯"，这是"心"之又一谓。此为"长安二心"。

西安的东西走向，朝着北纬34.5度展开；南北走向，朝着东经109度伸延。这两条线非常神秘。

北纬34.5度，朝西安之东看是中国的古城线。西安—洛阳—新郑—安阳—开封，大致都在这一纬度上。朝西安之西看，又正好是丝路联结着的世界古都线。两河流域的古巴比伦、古希腊、古罗马、古埃及、古波斯文明，大致（当然只是大致）也在这一纬度上。世界四大古都西安、开罗、罗马、雅典，还有伊斯坦布尔，也都大致在这一纬度上。这条纬线是中国和世界历史文明的命脉。

东经109度左近，又是中国历史的浓缩，华夏各个历史阶段的身影在此频频出没。由南往北看，蓝田猿人—半坡仰韶文化—黄帝文化—周、秦、汉、唐文化—延安革命文化和西安事变，在这条经线上演出了一幕幕鲜活的历史剧。我们民族许多关键时期都在这里领取通关文牒。阿房宫、未央宫、大明宫、大雁塔、明城墙里，隐藏着多少曲折迷离的人物和故事。

古丝路的出发点，在西安城里其实有好几处。国家使节张骞是从未央宫出发的，民间商贸驼队则从西市出发，唐玄奘呢？则是在皇帝没有给他护照的情况下，偷偷西行的。他们的出发点都在这座古城。

有意思的是，正如我在《西京搬家史》一文中写到的，半世纪中我在西安搬过五次家，竟离不开钟楼附近、城墙内外、兴庆宫、丰庆宫对门，与历史好有缘分。我天天穿过城墙和碑林上班，竟无暇顾及汉鸿儒董仲舒之墓和唐花萼相辉楼。我在城墙下拣过秦砖汉瓦。我的儿子在城墙根的开通巷小学和西安高中上了十多年学，爬着城墙玩大。老妻是西安交大教授，每天路过交大校园里的西汉墓壁画二十八星宿天象图去给学生讲课。而最近十年，我们家竟然又落脚于唐代西城墙遗址附近，儿子则住进了大唐西市的社区，干脆住到丝路的起点上来了。两代人的命运就这样和古城相交，和丝路相交。

这些年来，我写了许多研究长安文化的论文和散文，怀着一腔热爱解读三秦和古城，也痛切地针砭这块土地上的各种弊病，甚至一度被口诛笔伐，一度又被父老乡亲称为"古城代言人"。

北京奥运会火炬传递到西安时，受邀去中央电视台做现场嘉宾解读。我讲过西安大致有三个生存圈：一个是城墙内，古典生存或古风生存圈；一个是二环、三环，现代生存圈，这里有高科区、经开区、大学区、曲江、浐灞和三星国际社区，商贸金融十分发达，成为西安最具竞争力、最有青春气息之处；第三个是由秦岭山麓、西咸新区、渭河两岸和浐灞水乡合围起来的生态生存圈，这里环境好，是田园山水之城，适合绿生存、慢生存。三个生存圈记录了西安的历史脚步。

奥运火炬经过朱雀大街时，我讲过杜甫写的"天街小雨润如酥，草色遥看近却无"的名句，"天街"就是当年的朱雀路啊。我讲玄奘取经回国，唐太宗如何派大臣房玄龄出朱雀门迎接这位丝路归来的文化大使，安顿他去大雁塔下的慈恩寺译经。

如果以前还更多的是沉浸在古城浓郁的文化汤中不能自已地陶醉，以后我将会把生死相依的故乡放在新的时空延长线上，放在国际丝路、全球发展的更大格局中，重读我的故乡，西安！

旋转中的西部黄河风情

过了天水，横穿陇东，向着永登、兰州驰去。车在高速路上默默前行。

林带隔成的方块条田渐渐少了，被漫山遍野驼队似的山丘所替代。说是驼队还真的不假，绵延到远方的小山包披一身驼色的尘土，土圪梁梁上稀疏的丛生小树，恰是驼峰浅褐色的绒毛。这长长的驼队缄着口，聚着力，无声息地在西部大地上行走，向着远方起起伏伏。

"风沙淹没了烽火台，塑造起历史的驼峰。"我想起一首"新边塞诗"中的句子，快到兰州了！

公路开始与黄河或远或近地相跟着，在地平线上竟无意中看到了水车。一部老式的黄河水车，在黄河浪的催动下，正像城市公园中的摩天轮那样在转动，淋漓抛洒的水花播撒着夏日的阳光。那大概是一个景点，我想。在电气化、电子化的今天，传统的水车早已将自己的实用功能转化为审美和娱乐功能了。

兰州因黄河而名，因黄河而秀。它有好多"第一"，是唯一一座黄河穿城而过的大都市，有着中国第一座跨越黄河的大铁桥，还有牛肉面、羊皮筏子，以及我下面要谈的黄河水车，无不可称为中国第一。

水车，当地又名天车、翻车，它的出现改变了古代高处地块无水可浇的纠结。新中国成立前，甘肃境内的黄河上有三四百辆水车，河水顺流而下，几百辆水车呼呼转动着，构成一道美丽而又独特的风景。清凌凌的河水汩汩地流进干渴的土地，发出旋律般吱吱的响声，庄稼哔哔剥剥拔节，好似音乐的节奏。土地和庄稼解渴时那种美滋滋的感觉，流进劳动者的心里，真无法用语言表述，那味道肯定是甜甜的。兰州也被人们称为"水车之都"，水车使它在西部黄河拥有了面积不菲的水浇地。

兰州水车是怎么来的呢？

一说房贵最先引进水车。水车最初发明于东汉。到唐宋之时，"翻车设机车以引水"。水车遍及中原江南各地，也成为文人骚客吟诵的对象之一。到元明时期，水车已被载入各种农书。水车传入甘肃大约在明代。担任过兰州卫指挥使的房贵从南方引进了水车。房贵，安徽庐州人，由汉中调任兰州卫指挥使。他积极兴修水利，在黄河边筑堤开渠引水，从老家合肥引进仿造了"天车"，安置在靖远县城北，称为"房家车"，人们纷纷仿效，水车便在黄河岸边推广开来。

一说段续是水车本土化的集大成者，是他使南方水车在兰州大规模本土化。段续在明嘉靖二年进士及第，先后在云南、河南、湖广当官，后辞官回乡。在湖南的日子里，段续详细考察了水车的构造原理，绘图制样带回家乡，一边教书，一边仿制。南方的水车是用竹子做的，兰州没有竹子，便以黄河边木质厚实、不易腐烂的榆树和柳树代替。黄河水冲力大，便放大水车尺寸，加大辐条密度。兰州水车外形酷似古式车轮，轮辐直径大的 20 米左右，小的也在 10 米以上，可提水 15~18 米。

段续的水车被称为"祖宗车"。他造的第一辆水车在段家湾的黄河南河道教场河旁。教场河里曾有 10 辆一组的水车，称为"十辆车"，光绪年间被黄河洪水冲毁 5 辆，剩下的 5 辆人称"五辆车"。

水车让西部干旱地区的农业受惠不浅，一辆水车灌田多者达二三百亩，少则百余亩。清末兰州水车达到 157 辆。新中国成立前从青海贵德到宁夏中卫的黄河岸边共有 350 多辆，1952 年时兰州还有 252 辆，总灌溉面积达到 10 万亩。

在现代农业快速发展的今天，兰州黄河水车已经成为旅游的亮点，成为古代中国智慧的印证，也是黄河风情的重要符号。想到黄河就这样世世代代用自己的乳汁哺育两岸的土地和子民，在感恩中平添了一分感慨。

兰之秀，金之地，河之魂

　　整个兰州是沿着黄河由西向东一字儿摆的。我第一次到兰州，看到路边兰州市区的标识，便产生了与一位陌生朋友相会的急切期待。不料车子一个劲朝西开，总也到不了我们的目的地，直到你激情平伏、消失，由企盼到焦急，再到不耐烦，司机才说了一句："快到了。"一看里程表，竟然 40 公里过去了！

　　兰州最美的路，当然是河滨路，自自然然沿着黄河河畔延伸开。黄河平衡着这座城市的空气，让它显得湿润。兰州因黄河分为南北，南城北城便都有了水，有了距离。正是这距离产生了意想不到的美，这距离使南北两岸互为风景线，隔河相互欣赏，又拉起手自我欣赏。北京人、西安人向往了多少年的城中河，兰州人是早就世代代在享用着，早就成为他们城市生命理所当然的一部分。

　　兰州最有特色的风情也与黄河有关，不，可以说兰州的特色风情就是黄河风情。水车、羊皮筏子、太平鼓，哪样不是黄河生命的延展和腾飞？就连兰州拉面，不也是在惊涛拍岸的一次次甩响中，抻得跟黄河一样长而又长吗？

　　这样，当我们来到"黄河母亲"这座雕塑面前，便一下有了感同身受的理解。它体现了黄河魂，它就是黄河魂。它抓住了黄河之于兰州之于中国的精魂所在，也抓住了兰州和中国对黄河母亲般的爱。说这座雕塑是兰州各种黄河元素的总标志，一点也不过分。它将黄河人格化、审美化，它让我们懂得了"兰州审美"，扩而大之，懂得了中国西部审美。

我想起近30年前在这座城市的一个大学校园里，和著名美学家高尔泰先生的一次对话。那时我刚刚形成中国西部文化结构的初步想法，提出以帕米尔山结为圆心，以帕米尔到壶口瀑布为半径在中国版图上画一个弧，弧之西就是中国西部，它恰好大致涵盖了后来国家划入西部的12省区。但西部按生产方式与民族民俗风情又分为内西部和外西部，因而还需要再画一个弧，这个弧也是以帕米尔山结为圆心，却以帕米尔到兰州黄河段为半径来画，第二个弧之西称为外西部，主要是兄弟民族和游牧文化区。第二个弧与第一个弧之间的扇面称为内西部，主要是汉族和农耕文化区。兰州正好处在内、外西部的交汇点上。记得高先生当时表示，这种看法很有新意，他第一次听到。他说，兰州的文化地位也的确有这么重要。历史上的西安因是汉唐京城、文化中心，其实可以划入中原，兰州倒真正是中国西部的前沿之都。

快30年过去，这次是见不到高先生了。这位学者在敦煌、在兰州生活了几十年，他在起伏的山峦中，蔓延心中零乱的思绪，又沿着河流的走向，归纳着自己的哲理，解答世俗的疑问。他为西部献出了生命最有光彩的段落，而"文革"那个特殊时代，却造就了他深刻的人生悲剧。他不能不离开西部，而后又去国外而居。

我想他对黄河的回忆，一定融进了这座"黄河母亲"的雕塑之中。他像这座雕像一样，日日夜夜在看河、想河、听河，听黄河的涛声，听黄土地的心跳。

天马飞掠凉州词

　　河西走廊，阳光将人的肤色晒成大地的颜色。这里的人，性情与黄土一样质朴，感情与骄阳一样炽热，几千年的彩陶罐里贮存着五味齐全的生活。当车队就要与黄土地惜别，马上进入沙土砾石的世界时，我想这样来表述我心中的印象。

　　武威如天驹踏着飞燕扑面而来。一座《马踏飞燕》青铜铸雕，一首《凉州词》千古名诗，使这座城市与丝路的遥远、边塞的悲凉、西部的豪强铸成一体。武威是丝路要冲，是踽踽西行的旅人必经之地。

　　其实武威这个地名在汉代就有了。汉武帝派霍去病率一万骑兵大败匈奴休屠、浑邪二王，将整个河西走廊纳入自己的版图，并设置武威郡以彰扬大汉军威。此地古代亦称凉州，"以其金行，土地寒凉故也"。我想，恐怕也有历史沧桑和人生悲凉的意思含纳其中吧。

　　以地名命名词牌、曲牌，且自成一种体例格式而流传千古的极为罕见，"凉州词"可说是首选。唐代陇右节度使郭知远搜集了一批流传在古丝路沿线的曲谱献给唐太宗，你想，太宗本有胡人鲜卑血统，又在西部疆场征战多年，这些西部曲调唤醒了他多少人生记忆和种族记忆？自是喜爱有加，便着教坊翻成中国工尺曲谱，配上新词演唱，引发许多诗人为它填写新词。唐代是一个征战立国、开疆拓土的时代，边塞诗的悲壮、悲怆、悲凉和豪强男儿的血性，正是那个时代英雄精神的慷慨呐喊。作为边塞诗的一个品种，"凉州词"一时遂成风气。

葡萄美酒夜光杯，欲饮琵琶马上催。

醉卧沙场君莫笑，古来征战几人回？

王翰这首《凉州词》，将葡萄美酒和沙场征战、醉生与赴死，压缩在瞬间做强烈的对比，将人生的无常和面对生命悲剧的豪放旷达推向极致。故《唐诗别裁集》说此诗"故作豪放之词，然悲感已极"。

黄河远上白云间，一片孤城万仞山。

羌笛何须怨杨柳，春风不度玉门关。

王之涣这首《凉州词》将宏阔的气度、悲壮的情致纳入黄河、白云、孤城、万仞山和羌笛、杨柳、春风、玉门关等物象之中，慷慨大略、倜傥异才的主体与丝路大景观、西部大风物的客体浑然天成，吟唱出来，何等格局！王之涣还写过天下无人不识"君"的名诗《登鹳雀楼》："白日依山尽，黄河入海流。欲穷千里目，更上一层楼。"这首诗被章太炎推为"绝句之最"，《大英百科词典》"唐诗"条目，只举了一首诗为例，就是这首家喻户晓的诗。

《马踏飞燕》是 1960 年在武威一座东汉墓中出土的，疾速奔驰的天马，右后蹄下有一只飞鸟。这本是为了解决天马腾空后的重心问题，却造成了极为强烈的雕塑审美效果——我们的天马跑得比鸟还快，飞得比鸟还高！国家旅游局 1985 年将这座铜雕确定为中国旅游业的图形标志，显示出它无与伦比的文化象征意义和艺术价值。我久久地伫立在《马踏飞燕》前，从各个角度品鉴它、凝视它、谛听它。在它扬蹄飞驰的姿态中看到了速度，在它的每一块肌肉中看到了力量，在它永不停息的奔跑中看到了目标和毅力。有疾风穿过密林，有骤雨敲打芭蕉，石板路上泼落着冰雹……万马奔腾的潮水，就这样向着天际呼啸而去。

这就是武威，这就是汉唐，这就是西部，这就是丝路，这也就是我们民族的威武！

沉思祁连

　　车爬上乌鞘岭，气温急剧下降到十三四摄氏度，而且下起了雨。

　　经过中国镍都金昌市，我注意力开始集中，目不转睛地盯着车窗两边高速路以外的原野。20年前我两次路过这里，我知道，一个浓缩着重要历史信息的路段快要到了。西部将要展示它苦难的一面和振兴的一面。

　　不一会儿，路北边出现了层层叠叠的小土堆，成片成片展开。不要吃惊，这是当年西征的红军西路军在遥远的河西走廊留下的无名墓地。为了一个美好而执着的理想，成千上万的年轻人，在寡不敌众的惨烈战斗中，在饥饿的长途跋涉中，倒在了这片荒凉的沙土中。他们用热血和尸骨养育出一丛丛沙蒿，一年一年向世人宣告自己永不消逝的生命。西路军西征的路，其实是另一条丝路，是友谊和平之路、丝绸瓷器之路、乐舞茶叶之路之外的另一条铁血丝路。

　　我给车友说，不到半小时车程，在路的南面还会出现一片更破败简陋的墓地。它应该是一个甲子以来，流放西部的囚徒的坟墓群。

　　自古以来，荒凉的西部就是罪与罚的流放地。西风和落日，是西部环境悲剧的原型。西风使春的生机和夏的繁盛成为过眼烟云，"快倚西风作三弄。短狐悲，瘦猿愁，啼破冢"，那是何等悲凉！古人茄丰弯腰躬行的"扶伏民"形象，则是西部人物悲剧的原型。在《太平御览》中有"扶伏"条目的记载。还在蚩尤、炎黄时代，轩辕黄帝就将罪臣茄丰流放到玉门关以西的地方。这位传说中的第一个西部流亡者，据说是怀着强烈的原罪感一路躬身匍匐西行的。他流落在西部的后裔，从此便成为"扶伏民"，这个名称大约是被制服归顺的意思吧。这些西部流放者无名无姓无亲无故地长眠在此，他们孤独吗？寂寞吗？还有人会想着这些曾经有血有肉，曾经鲜活的生命吗？

哦，我苦难的西部！为什么在大慈大悲的西天极乐世界之下，竟是一片如此大苦大难的土地呢？有谁能回答我？

但是我始终没有找到这一大片我曾经看到过的囚徒的墓地。高速路两边，是大片大片的绿地，大片大片正在黄熟的麦田，还有铺向天边的向日葵、油菜。这里的气候使农事季节比内地整整晚了两个月，河西走廊让我们又经历了一次春末夏初的日子。这里的草地、麦田、油菜花田面积之大，气派几乎可以与东北粮仓"北大仓"媲美——是的，它的确被人称为甘肃的粮仓。一行麦子是一个句子，大片的麦地是大篇金色的文章，告诉我这里的变化。

再往前走，便到了山丹军马场——中国最早最大的国有军马场，汉唐以来为皇家、为战争繁殖、养育、训练军马的地方。记得那年初夏，我与几位书画家来这里，躺在山坡茵茵的草坪上，与静静的云彩对视，似乎可以听见绿草哔剥地拔节。陶醉在周遭优美的绿色弧线之中，让你有一种眩晕感。你会忘记这里的宁寂恬静竟是孕育厮杀的地方，这和谐闲适的情境深处是一部刀光剑影书写的历史。

在张掖的一次文艺晚会上，中铁电气化集团西安电化公司的职工表演了他们自编自演的反映高铁建设的歌舞，舞台上响起了久违的劳动者自己吼出来的劳动号子。在接受采访时，张宝柱董事长介绍了在建的兰新高铁项目。这条 1700 公里的高铁将成为新丝路的标志，成为西部拱起的脊梁。在这里电气接触网工自称"祁连山蜘蛛侠"，也有"祁连山八姐妹"，终年贴在高山峻岭上施工。

对这条铁路我早就略知一二，原因是我的一位外甥任少强是中铁二十局的总工程师，承担了打通祁连山隧道群最艰巨的任务。此前，他们局曾因出色完成青藏铁路的长隧，解决了世界海拔最高冻土层施工的种种科技问题获得国家科技奖。有一部描写他们的长篇报告文学《天路》，煌煌几十万字，对他们有详尽描写。少强在现场如何指挥、如何工作不得而知，但十几年来，家族的春节聚会极少见到他在场，一问便是"又去青藏线了""又去祁连山了"……

西部人不再像茹丰那样弓着腰了，新丝路上行走的是一个个挺起了脊梁的人物，夸父般的人物！

丝路与长城的协奏

两位巨人在北中国的大地上疾步西行。一位从北纬 40° 的山海关出发，它的名字叫万里长城；一位则从北纬 34° 半的长安城出发，它的名字叫丝绸之路。它们像中国古代神话中的英雄夸父，在不同的时空中沿着两条平行线，向西，向西！

丝绸之路与万里长城，是中华民族的两大创造，千百年来成为中国历史的两大标志。它们西行到了甘肃河西走廊，一位稍稍偏北，一位稍稍偏南，蜿蜒的足迹渐渐形成一个美丽的夹角，终于在嘉峪关有了一个华丽的交会。人类不同时空的智慧结晶，在西部碰撞出耀目的火花。"嘉峪"在匈奴语中意为"美好的峡谷"。是的，它虚谷以待，在自己的怀抱中举行了人类两大文明成果壮丽的交会仪式。张骞与霍去病隔着时空在嘉峪关下紧紧握手。

秦长城在这里终止了它的旅途，汉长城继续前行入疆，而丝路则远走异国，把中国人的目光带到中亚、西亚、中欧、南欧，带向世界更广阔的天地中。中华文化从此有如涨潮的海、无声的波，融进了世界的交响。

同为宏大的创造性的工程，万里长城是一条实线，像绵延不断的军阵、森严的盾甲和铁壁，每个城堞都凝结着中华民族的古典智慧和文化成果。丝绸之路是一条虚线，像硕果丛生的长藤，将汉唐长安城、麦积山、敦煌、交河故城、楼兰遗址、克孜尔千佛洞，一直到国外的撒马尔罕、碎叶古城、君士坦丁堡、雅典、罗马连接起来，几乎串联了欧亚文明所有的珠宝，形成了世界古文明无可争议的中轴线，像一条华贵的项链在北半球的胸脯上熠熠闪光。

丝路与长城于是成为人类文明和中华人格永存的图腾。

不过它们又是那么不同，那么易于区分。正是这种"不同"的和谐共存，显示出人类智慧的多样性和多维性。也正是这种"和而不同"的交会，显示出嘉峪关的文化地位。

丝路是融入，让中国融入世界，让世界融入中国。长城是坚守，坚守世界格局中的本民族质地。丝路是开放发展，长城是对开放发展成果的保卫。长城是战争的产物，丝路是和平的引言。长城以武力争斗处理民族和国家关系，所以让蒙恬、卫青、霍去病出面，所以在长安通向北方的路上，给我们留下了络绎不绝的拴马桩和烽火台。丝路则已经在探索以友谊、以商业、以文化交流、以政治结盟处理民族和国家关系的新路径，所以派张骞、班超作为大汉使臣出面。这样便有了丝绸、瓷器、茶叶等中华文明的西行，有了胡椒、番石榴、胡乐舞的东渡。张骞成为我国有史可查的、较早的外交政治家和对外商贸、对外文化交流的使者。

对入侵者伸出铁拳，对朋友伸出双手——中国人自古以来就是如此。深究一步还可以看出，长城又在以自己的防御功能宣示，中国人若动干戈，从来都是防卫，从来不轻易出拳。丝路则宣示了我们结谊天下的主动性，我们愿意先伸出双手去不断结交新朋友。——这也是秦汉以来直至今日，中华民族的一贯传统。过去、现在，今天、日后，我们都在以"长城"和"丝路"两个象征物向世界昭告这个传统。

当然，即便是铁血长城的武力捍卫，最终目的还是为了和平。中国文字中这个"武"字真是饶有深意，它传达的意思便是"止戈为武"。以武止武，以武会友，方为大道。这大道，最终就是和睦和谐和惠之道、共通共建共赢之道。

昨天我们在张掖又看到了丝路和长城一个新的交会点，那是已经畅通的高速公路和正在修建的高原高铁，与汉—明长城遗迹交会而过。古长城成为新丝路的历史见证人。

丝路与长城，实在很值得做一番比较研究，在比较中思考这两座纪念碑丰富而又深刻的象征性内涵。嘉峪关市已经成立了"丝路—长城研究会"，举办了这方面的学术讲座，还在筹办全国和国际

性的"丝路—长城"音乐节以及其他相关文化活动。我想，这不但
突显了自己的文化优势，而且是深层开掘"丝路—长城"文化的有
益尝试。

重走丝路，又到嘉峪关，远去了的篝火重又在大漠路上燃起，
远去了的鼓声重又在城堞之间回响。

敦煌，丝路的点睛之笔

每次来敦煌，都同样震撼，它总能引发你的感觉爆炸。敦煌包括莫高窟、西千佛洞、安西榆林窟，共有石窟735孔，壁画5万多平方米，是我国乃至世界上壁画最多的石窟群。想用一两篇短文来写它，不但不可能，简直是大不恭敬。这些洞窟和佛像在不能立足的峭岩上立住脚，在无法生根的坚硬中生下根。远古的风，将大地的沙石吹起来，站成一排排佛像；也是风，又将太阳的黄金抹在佛的脸上、身上。

敦煌是丝路的点睛之笔。

丝路是一条翔于西天的金龙，敦煌绝对是画龙点睛之地；丝路是一杆秤，长安作为起点，是提纲挈领的绳纽，敦煌就是秤砣。只有它们才能称量出中华文化、丝路文化的分量。很少有地方像敦煌一样强烈体现出丝路文化的核心精神——开放与融汇精神。它简直是人类文化交融的一个活标本。

敦煌壁画从内容上看，是俗人现实生活与神灵幻象生活的交汇。俗人生活富有生气，生动鲜活；神灵生活则庄严隆重，让我想起自己给朋友们常写的一副对联："庄严世界还需佛，点染春光也要人。"

从壁画的题材和样式看，故事画与山水画交汇。故事画是宗教故事在时间坐标上的展开；山水画则是自然万象在空间坐标上的展开，它可以说是中国青绿山水的正源鼻祖。

从表现手段上看，是浪漫变形与写实再现手法的交融。早期壁画，多以夸张变形突出神灵形象超凡的特征。隋唐以后，写实性渐浓，重视人体解剖，融进了罗马、希腊的画风。

从技法上看，因画中俗人多为汉人，常采用中土的线条勾勒，适当融入西画的明暗晕染；神灵多在西方、中亚、南亚，则重晕染，也采用油画的凹凸法，显得凝重而有立体感。看来，西方的艺术精神和技法，此前已经通过波斯文化与印度文化的传递到达了西域之地。

如此完整地探索外来艺术与本土艺术的融汇，敦煌既是开先河者，又是集大成者。敦煌凝聚着丝路精神之魂。

敦煌又是丝路的伤心之地。

它在元以前的几百年，保存得基本较好，发现藏经洞后，斯坦因、伯希和、奥登堡等外国探险者先后潜入，盗买骗购走了大量敦煌经卷和壁画。现在英、法、俄收藏的敦煌文书都超过了万件，而中国国家图书馆只藏有 8000 多件，出现了要到欧洲去研究敦煌学、"敦煌在中国，敦煌学在日本"的倒置！国学大师陈寅恪 1930 年在《敦煌劫余录序》中痛切地说："敦煌者，吾国学术之伤心史也！"其实何尝不是吾国民族之伤心史呢？

我今年去英国，参观了大英博物馆，以前还去过美国纽约的大都会博物馆和法国巴黎的卢浮宫，看到他们从中国、古埃及、古希腊、拉丁美洲弄来了那么丰富的馆藏品，心里像打翻了五味瓶，痛惜、伤感、激愤、惭愧，也有如见流落异乡亲人的亲切感。有些藏品保存得很好，又心生几分慰藉。

去年我去美国宾夕法尼亚大学博物馆看望流失在那儿的昭陵六骏中的两骏：飒露紫、拳毛騧，之前好些企业界的朋友听说了，真诚地表示，若能买回来或请回来做一次六骏团圆的交流展，出多少钱都乐意。从美国回来后，我一位一位给他们去电话，安慰他们：飒露紫和拳毛騧在那里待得挺好，但回家的路很远。大家无不唏嘘叹息。

尽管我明白，像敦煌这样的文化瑰宝，早已是人类文明共有的财富，我心里还是在流血。为敦煌伤心，为丝路伤心，为积贫积弱的近代中国伤心，也为掠夺者和王道士的贪婪和愚昧伤心。敦煌的洞窟像一双双深邃的眼睛，在盼着它的祖国强大、它的同胞有出息！

　　有人说，在自然和人为的销蚀损坏中，1000 年后敦煌将会消失，此说不无道理，但我相信越来越多的高科技手段，足以让莫高窟延年益寿。现在的保护工作十分科学、精细、严格。我们一到达，就受邀参观了敦煌数字研究院，看了他们用高科技的 5D 甚至 8D 手段制作的敦煌壁画数字电影。有了数字化的保存，谁能说 1000 年后敦煌将会消失呢？

　　永远让我们自豪、让我们赞美、让我们纠结的敦煌！

　　说不尽的敦煌！

梦飞天

西部的风常常冷不丁跑过来，拍拍你的肩膀，俏皮地摘下你的帽子，然后扶摇直上，翔于天际……

在敦煌壁画中，与庄重的佛陀和世俗的人生相伴的，是那些飞翔于天宇的、无比美丽的飞天。"飞天"这个词本是一种动宾结构，描绘的是飞翔天宇的状态，但在敦煌壁画中被拟人化，成为这群美丽仙女的名字。世世代代飞天的向往，转化为姣好的容貌、妙不可言的动姿，转化为飘逸的裙裾、反弹的琵琶，转化为一个个美丽的梦。

20年前，我与几位书画家西行河西走廊时，专门去看过额济纳旗的胡杨林，又怀着探秘与敬仰之心，北上几百公里，去了酒泉卫星发射基地。一位在那里工作了半辈子却从未谋面的亲戚，热情地与我们相聚。那时内地城市已经有漂亮的百货大楼和高层建筑；而航天城街面还像六七十年代的小县镇，是农村供销社水平的商店和公共食堂。他们不在乎物质生活，他们有充盈的精神理想。大漠深处的他们最需要的是亲情和友谊！

那天喝到深夜，一醉方休。席间，他们以那样独异的深情反复谈到敦煌壁画中的飞天。他们说，飞天女是所有航天人永远相思的情人！我们再苦再累再隐姓埋名，只要想到飞天，心就蜜甜蜜甜、无怨无悔！他们不但能说出敦煌好多洞窟飞天的形象，而且对当年常书鸿、张大千临摹、研究敦煌壁画，对甘肃敦煌歌舞艺术剧院饮誉全球的《丝路花雨》如数家珍，就像在说自己的亲人。"在全球各地巡回演出场次最多的，就是《丝路花雨》，就是飞天！乖乖，200 多个国家呀！""你以为那只是艺术吗？那是我们的梦！载人飞船，登月，我们的梦！"微醺的他们，满脸红光地喊。

敦煌壁画中的飞天，一经《丝路花雨》和其他传媒大量传播出去，她们反弹琵琶的舞姿、发型，她们的喇叭裤，与当时年青人的审美情趣那么相近，很快就流行起来。我问，这种古今呼应，是一种暗示吗？他们毋庸置疑地肯定，当然当然，绝对是古代人对现代人的暗示，是相同的梦在感应。

真的也许是古今的一种暗通，一种对话。飞天，多么瑰丽的理想！自古以来，我们就有浪漫的飞天织梦者：屈原有长诗《天问》，有"登九天兮抚彗星""援北斗兮酌桂浆"的名句；庄子在《逍遥游》中幻想鲲鹏变化，"翼若垂天之云"，高飞九万里。我们还有居住在外星上的嫦娥，"寂寞嫦娥舒广袖"。而牛郎织女恐怕是在外星安家的第一家庭了。

如果这些还都是美好的想象，那么 2000 年前公输盘即鲁班已经尝试发明制造了可以飞翔云天的"木鸢"。《墨子·鲁问》记载，他"削竹木以为鹊，成而飞之，三日不下，乘以窥宋城"，活活就是一架木制侦察机了！到了明代，又有万户这位聪明的中国人，最早想到利用火箭的推力飞天。他将 47 枚自制的火箭绑在椅子上，自己举着大风筝（做降落伞功能）坐于其上，惜乎点火后爆炸，万户为自己的飞天梦献出了生命。西方学者考证，万户是"世界上第一个想到用火箭飞行的人"。美国国家航天局将月球上的一座环形山命名为"万户"。

飞天梦就是这样相沿相袭，一直传递到航天城，传递到"神舟"与"天宫"航天器，传递到杨利伟、聂海胜、刘洋、翟志刚、王亚平身上。一个古老民族几千年的飞天梦，一以贯之，终成正果。

有意思的是，我孩子的家在西安西郊太空花园小区，这是一个空军系统的家属小区，大门旁有一块巨石，上面镌刻的正是我国第一位航天员杨利伟写的"太空花园"四个字。每当我拉着小孙女的手出入于这座门，都会给她讲，"太空"是怎么回事，杨利伟是谁，什么是"飞天"，什么是"航天"。有次小孙女问我，太空上真有花园吗？我说真有。你看那么漂亮的"飞天"姐姐、刘洋姐姐飞到那里去，能没有花园吗？我很快给她买来了神舟十号的大模型，让她知道，这一切不是梦，真的不是……

应该尊重每个人的人生选择，不过我还是主张一个人尤其是青年人，一个民族尤其是正在走向复兴的民族，应该有点梦，有点理想，有点实现梦和理想的行动。

沧桑玉门关

去过莫高窟，我们一行四人径直去往 80 公里外的玉门关。我没有去过那里，但"长风几万里，吹度玉门关。……由来征战地，不见有人还""半夜帐中停烛坐，唯思生入玉门关"，这些悲壮而凄凉至极的诗句，让我对那里充满了向往。

好一个热！阳光当头直射，晒得天红地红。你能感觉到紫外线对皮肤的灼伤。地上无一茎草，远方无一处景，天上无一丝云。渴死的地、烧红的天，杜绝了你对绿色和水、对一切生命迹象最后的期待。我们在烙烤中无言，埋头在洪荒中穿越。

玉门关分小方盘城和大方盘城，曾为玉门都尉府治所，是古代丝路南线、北线的分道口。东南距敦煌 90 公里，西距罗布泊 150 公里，有 26 米见方、高 10 米的小烽火台遗址，以芦苇与黏土隔层夯实筑成。朝北可以清晰地看见疏勒河，就是那条流经楼兰的孔雀河支流，一个在古典诗文中经常出现的名字。确切地说，我看见的是极度盐碱化、已经干枯成一小块湿地的疏勒河沙化标本！见附近有残存的芦草，同伴顺嘴说出四个字：蒹葭苍苍，便噤了嘴，我们都感到了一种调侃。

同车的朋友打开手机，调出下载的 100 多年前斯坦因来这里拍摄的黑白照片，那时这里还是有树、有草、有水的！我明白了为什么这块原先由河流、湖滩组成的环境自古会是兵家必争之地——因为这里有着周边所没有的最后的生存环境。人们逐水草而居，也为水草而争，为自己和自己的族类的生存做最后的抗争！

在玉门关展览馆能看到古代戍边将士和百姓所用的武器、锅碗、打墙用的苇子、衣服的碎片和整齐的屋基、农田、水渠遗迹，甚至还有墓群。那时这里曾经有过何等活跃的日常生活。这一切，现在都没有了。不是岁月毁了它，2000多年后的今天，起码还留下了生命的物和潜藏在诗文传说中依稀的记忆。是生态毁了它。只有生态对生活的毁灭，才会是如此决绝的毁灭！

你能听见大地深处传来奄奄一息的呻吟吗？人类瓜分了我，榨干了我，然后一个个逃离了我……那是这片苦难土地在呻吟，我们的老母亲在呻吟。

人类争斗乃至战争的最终原因，是生存，而生存的首要条件，是生态。反过来说，人类心灵的宁静、社会的和睦，最终原因也是生态。生态愈益恶劣，社会争斗愈益剧烈，心灵的安妥也便不复存在，烦躁、惊恐将控制我们的情绪。生态问题是生命、社会和心灵的元问题，生态工程是改造自然生态、社会生态、心灵生态的系统工程。

以我的高龄，同伴们不让我在 40 多摄氏度的烈日下多待。停车半小时，我们便离开了此地。我感慨地说："昨天是西出阳关无故人，今天又是春风不度玉门关，西部呀！"我强烈地体验到了张骞、法显、玄奘超凡的精神追求和意志力量。车行一小时，前方的沙原和沙山下，渐渐推近了一抹绿色，这绿色像个具有千钧之力的楔子，深深地插入地老天荒之中。那是敦煌市，那是莫高窟。那里面有花红果硕，有浓荫匝地，有清泉流泻，点缀其中的是楼房和每扇窗户后面的温馨家庭，是孩子的可爱笑靥。

我们能够在沙漠中楔进敦煌绿洲，楔进有永恒生命的敦煌壁画，我们也应该让已经变成沙漠的绿洲重获生机，让玉门关重获生机。玉门关不只有昨天，一定会有明天。我们迎接明天。

搅动周天的莽昆仑

　　戈壁，戈壁，戈壁。在漫向天际线的戈壁尽头，昆仑山一直沉默而执拗地注视着我们。它以静制动，以无声胜有声，用气场无处不在地笼罩着我们。喧闹的车内忽然沉默了，大家都默默地望着昆仑，感受着它那万古永存却又缄口如瓶的宏大气场。在就要告别天边的昆仑，进入新疆天山廊道的一刻，我必须回首说说这座伟岸至极的圣山。

　　车窗外闪出了雅丹地貌，西部的风以百年、千年为时间单位，将这里的岩石和土坡塑造成一座座雕塑，有横刀立马的孤胆英雄，有千军万马的战争全景，有呼啸而过的马队，有孤独的牧羊人和他的羊群。一切都有了生命，有了生气。西部告诉我们的是，整个世界，整个宇宙，无处不有呼吸和心跳。

　　这比我去年冬天去柴达木看到的高原鲜活多了。那次冒着零下30度严寒和3000米海拔西行，就是想感受一下冬的昆仑、冬的高原，顺便参加"大昆仑文化高峰论坛"，交流一下研究成果。会上，原中国作协书记处书记、青海省委常委吉狄马加给我发了一个"大昆仑文化研究杰出成就奖"，令我很是惭愧。那主要是因为20多年来对西部文化的研究，催动我老而不懈吧。

关于昆仑山的界域，人文地理学界有争论，越趋精确争论越凶。我从文化坐标上只想对这个山取一个模糊的说法。这座山恐怕是中国最高最大的山，平均海拔五六千米，山表面积50多万平方公里，三个多陕西还不及它。昆仑山一把将青海、四川、新疆和西藏揽进自己的怀抱。

我心目中的昆仑山，大致可以用六个词来表述，就是：山之根，河之源，族之祖，神之脉，玉之乡，歌之海。

山之根，昆仑山是"万山之祖"。中国山系的主干山系，由它生发出来的支脉和余脉遍布西部大地。从山系角度看，祁连山、巴颜喀拉山，甚至一直到秦岭，都可以收入囊中。

河之源，昆仑被称为龙脉之源。在这无数的雪山中，流出了世上最纯净的水，形成了长江、黄河，浩荡奔腾到太平洋。同时还形成了塔里木盆地与柴达木盆地的内流水系。毫无疑义，它是最大最高的中华水塔！

族之祖，古代居住在昆仑山下青海高原的羌人，曾是北方大族。羌、姜本一字，姜姓部落集团是羌人的一个分支，都以羊为图腾，后来成为古中原地区最著名的民族共同体。它是"华夏族"的重要组成部分，从三皇五帝到春秋战国，这个族群在中原始终占有重要地位。后虽与汉人杂居而相融汇，其分支至今仍在岷江、嘉陵江上游传承繁衍。

神之脉，昆仑被称为"万神之山""中国第一神山"。中国神话有两大系列，即东部的蓬莱神话系列和西部的昆仑神话系列，一山一海，构成中华民族丰富的神话世界。西王母神话系列，以及相关的穆天子、瑶池这些昆仑神话中的人物场景，经由世代传说和文艺作品的传播，早已家喻户晓。

玉之乡，昆仑亦称玉山。《史记·大宛传》写昆仑时即有记载："其山多玉石，采来，天子案古图书，名河所出山曰昆仑云。"昆仑玉与和田玉东西距离 300 公里，处于一个线矿带上，质地细润，淡雅清爽，是国家地理标志保护产品，曾作为北京奥运会的奖牌用玉，是白玉产业一大品牌。

歌之海，以"花儿"和玉树歌舞为代表。以赛马会、那达慕、九曲黄河灯会、土乡纳顿节、热贡艺术节、撒拉族艺术节而显出无比斑斓的民族民间艺术，使昆仑山下青海湖边成歌之海、诗之海、舞之海。李白"若非群玉山头见，会向瑶池月下逢"写的就是昆仑山。近年青海省在青海湖畔连续举办国际诗歌节，更使昆仑之歌诗走向世界——那可是每年几十个国家、国内每个省的诗人都来这里聚会呀！

昆仑山的雪域高原上，不但行走着张骞、班超，还行走着玄奘、文成公主，行走着我们的地质工作者、铁路公路建设者、油田开采者，行走着世世代代在这里繁衍生息的兄弟民族与汉族的同胞。是他们将唐蕃古道和茶马古道与丝绸之路连成一体，在西部大地上构成了一个古道交通网络。这个网络正在实现现代转化，转化为公路网、铁路网、电网、航空网，还正在转化为高速公路网和高铁网。

昆仑文化有了新的内涵，昆仑高原有了新的高度，昆仑人有了新的活力！

楼兰随想

　　车疾驰向西，离开甘肃，进入新疆。此时，楼兰古国神秘的身影正从我们南边 300 公里处错过。已经是第三次错过它！楼兰的各种神秘传说，早就勾引着我。但真正引发我想与它零距离接触的冲动，则是另一个谜，那就是科学家彭加木失踪。

　　著名科学家、中科院新疆分院副院长彭加木 1980 年在楼兰罗布泊附近突然失踪，引发国内外震动。我与彭加木非亲非故，引起我特别关注的是，向世界首先报道这一消息的是我的一位大学同班同学——时任新华社新疆分社记者的赵全章。此后，关注连续报道，关注彭加木生死未卜的命运，成为那一段时间我解不开的心结。1984 年去新疆伊宁市参加西部文艺高峰论坛，会后为了能去楼兰，我谢绝了会议组织去南疆的安排，只身返回乌鲁木齐，准备从吐鲁番进入罗布泊。不想刚到乌市，单位急电召回，身不由己，只好快快而归。

　　第二次是 1992 年，朋友约我由敦煌翻越阿尔金山进入青海柴达木，过冷湖，过花土沟，到达茫崖石棉厂。盘桓数日，一行五人西行入疆，到南疆最东边的若羌县，想从这里北行 300 公里去楼兰。县上朋友坚决不让去，说季节不对，安全设施短缺。"那是玩命！"

于是又与楼兰失之交臂。

这次旅行因人多路线长，又无法安排。此生肯定与楼兰无缘了。楼兰对我是一个梦，有许多待解的谜，发现之谜，人种之谜，美女之谜，消失之谜，成为杀敌立功的代名词之谜。罗布泊和孔雀河永远诱惑着我……

西域 36 国之一的楼兰，是丝绸之路必经之地，是丝路南线、北线的分道口。对它的重要地位，《史记》、法显和玄奘都曾提到。1 万年前已有人类活动，但 1600 年前却突然在大漠中消失。不止楼兰一处，整个塔克拉玛干沙漠和塔里木河一线的古城，都在这前后消失。这谜一般的消失，成为科学探讨和舆论关注的热点。

有说是楼兰消失于战争，被北方强国摧毁。是的，在我们的古典诗词中，楼兰是杀敌立功的代名词。"愿将腰下剑，只为斩楼兰。""黄沙百战穿金甲，不破楼兰终不还。"李白、王昌龄的壮士豪情，都借攻打楼兰来表达。这里肯定频繁地遭受过战争的蹂躏。有说消失于生态恶化，尽管楼兰颁布过世界上较早的环境保护法，但因上游河水被截断流，无法灌溉，干旱、缺水最终还是逼走了楼兰人。有说消失于地质地貌的变迁，罗布泊以千年为周期南北移动，湖泊移走，这里也就没有了生存条件。有说楼兰衰败于丝绸之路北道的开辟，经哈密、吐鲁番的丝路北道日渐繁荣，这里逐渐被废弃。

还有的说与生物入侵和瘟疫蔓延有关。从两河流域入侵的蝼蛄，以这里的膏泥为食，泛滥全城，逼走了楼兰人。更可怕的说法是一种急性传染病"热窝子病"，一死一家，一倒一村，楼兰人只好弃城而逃，在大漠中留下一个"千村薜荔人遗矢，万户萧疏鬼唱歌"的废城。

我想，所有这些说法都有道理，都是楼兰消失的一个原因。改变历史、改变地域的，从来都是战争、饥饿、疾病、生态失衡以及其他各种因素综合的结果。这说明了社会发展、历史变迁的复杂性，这些因素中的每一条都给后人综合治理社会以教训、以警示。历史是何等苍凉，历史本来就是以无数生命的前赴后继书写出来的。

楼兰的人种之谜更有思考的启动力。有人认为最早的楼兰人就是欧洲的雅利安人，是后来在这里漂泊着的印欧人的古老部落，他们操印欧语系的吐火罗语。而从基因学、器物学角度，有人类学家又认为楼兰人更接近古代阿富汗人。但从闻名世界的那具保护完好的女尸来看，那浅色头发、眉弓高耸、鼻梁挺直的形象中，又分明有着高加索人种的特征，这与对墓地骨殖做体质人类学的测试结果吻合。到了汉代，蒙古人也来到这里，与其他种族的人共居共处……

楼兰人是跨越欧亚大陆的多民族的共生体，楼兰人的灿烂文明，是各地域、各民族文明交汇融合的成果，是整个人类文明形成的一个缩影。人类的文明从来由人类共同创造，共同享用。楼兰的消逝，使我们生发悲从中来的慨叹，但楼兰文明的多维融聚，又使我们对人类生命力充满了信心，充满了乐观的期待。

梵音萦绕高昌故城

感谢哈密以阳光的灿烂和哈密瓜的甜蜜欢迎我。到了去吐鲁番的路上，天气不可思议地热起来。野外气温近50摄氏度，身上却不出汗。一种灼烫的感觉，无声无息裹严了你。不是烧灼的尖锐，是一种"感觉"。20年前我来这一带，那干热的记忆正是这样的，那种感觉全被唤醒了。

高昌故城离吐鲁番40公里。因其"地势高敞，人广昌盛"而得名。沿途是绿洲，村落密集，农贸繁盛。怎么也想不到，拐几个弯，在旷野尽头，突然浮现出一座城，寂然无声地朝我们移动，在热气的蒸腾下神秘地靠近车队！有人惊呼："海市蜃楼!"不，不是海市蜃楼，我们来到了一座真真实实的古代城市——高昌故城！

接待我们的是吐鲁番地区文物局长王霄飞。他高挑个儿，一口东北风的普通话，一副眼镜尽显文雅。不畏酷热，在烈日下不戴帽子。我要他用一两句话说说自己，他却先介绍身后的两个年轻人：一个博士毕业，一个在读博士。吓我一跳，知道此人更有来历，仍追问他的情况。他只说了四个词：北大毕业，美国读博，吉林师大任教，公招到这里当局长。见我还要问，歉意地笑笑，开始了如数家珍的讲解。

他说，西域古国高昌，地处天山南麓的北道交通要冲，为古代新疆政治、经济、文化的中心和交通枢纽。始建于公元前 1 世纪汉代，分外城、内城、宫城三部分，均呈不规则方形。面积达 193 万平方米，有一个小城市大了。全城人口 3 万，僧侣 3000，是世界宗教文化荟萃的宝地之一。在 13 世纪末的战乱中废弃，大部分建筑物消失无存，目前保留较好的外城西南和东南角保存两处寺院遗址。内城北部正中有一座不规则的小城堡，当地人称"可汗堡"。

城墙由夯土筑成，有清晰的夹棍眼。全城当年共有 12 重大铁门，分别冠以"玄德""金福""金章""建阳""武城"等不同名号。城市中房屋鳞次栉比，有作坊、市场、庙宇和居民购买区。建筑布局与当时长安城相仿。所以现在保护加固遗址也请的是西安的古建修缮队。我们问晒得黝黑的师傅是哪嗒的乡党，他说是户县秦镇的。

王局长给我们讲了两个高昌的故事。一个是玄奘与高昌王的故事。当时这里是世界宗教文化荟萃之处，佛、道、祆教都有。玄奘西行路过，笃信佛教的高昌王待以上宾，赐以重金，足够玄奘 20 年的盘缠，又亲修通关文牒，着西域各国放行。玄奘应允归途中在高昌讲经两年。他遍游阿富汗、巴基斯坦、印度诸国，17 年后踏上归途。本可走南亚另一条更方便的路回国，为了讲经承诺，玄奘拐到高昌，诵经讲佛，并与高昌王拜为兄弟，留下了千古佳话。

　　另一个是高昌珍宝迷宫的故事。唐军压境，高昌王鞠文泰自酌无法抵抗，便在沙漠之中修建迷宫，将珍宝尽数藏入其中，准备唐军退却后供复国使用。但他的儿子却将迷宫秘图献给唐军以表臣服。高昌勇士知道后，潜入唐营夺走迷宫图，逃入大漠。这成为史上一大谜案，引得以后许多冒险家来这里探宝。近几年，这成为一些西部电影的故事蓝本，还做成了电子游戏，广泛流传。

　　这里在 9 世纪后还成为回鹘高昌国的首府。原在蒙古高原的回鹘汗国失败后，有 15 个回鹘部落西迁此地，建立起"高昌回鹘国"。从 9 世纪起，历五代、北宋、西辽、元，到 14 世纪，存在 500 多年。在回鹘文书中存有回鹘文的《玄奘传》，1930 年在新疆出土，现已翻译整理。《金光明经》的回鹘文译本，成为研究古代维吾尔语和宗教的基本资料。《乌古斯可汗传说》则是维吾尔族最早有关自己始祖的传说，现收录在《福乐智慧·导言》之中。20 世纪在吐鲁番、哈密发现的译成回鹘文的《弥勒会见记》抄本的残卷，证明这里在汉代已经有中国最早的戏剧表演……

　　王局长边走边讲，由下午 5 点直到 9 点。由于经度差别，这里 9 点正值黄昏。美女游客在古城遗址前做各种神态和姿势的留影。青春与苍凉、当下画面与历史回音、女性的柔媚与铁血的沧桑，被夕阳剪辑到了一起……

荒原的启示

　　车过石河子，一直沿着天山北麓飞驰。天山白色的冰川雪帽，
戴在钢铁般的骨架上一动不动，像哲人俯瞰着西部大地，沉着而饶
有兴致地注视着这个车队，注视着这些重闯西部的张骞后裔。怪不
得山名"天山"了。其实祁连山的"祁连"二字，蒙古语的意思也
是"上天"。山岳给予我们心灵的，永远是天空般的崇高和宏阔。夕
阳之下，沙砾覆盖着的大地，在车窗外旋转成一个扇面。沙柳和沙
棘，在不能直立的飓风中立住了脚，在无法生根的坚硬中生了根。

　　太阳光耀的圆，正在渐渐地接近地平的直线。接近的速度似乎
可以感觉到。它们相交的瞬间，球体在地平线上轻轻回弹了一下，
相切点上瞬间爆发出炽烈的弧光，太阳和大地便在这炫目的光芒中
熔铸到一起。几乎同时，一阵凉风贴着地皮掠过，晚风悠悠袅袅地
飘散开来，给大地轻轻地敷上一层纯青、一层淡紫，直到天地混沌
成昏暗的一片。

　　30 多年来，我几次穿过河西走廊，沿天山西进，还有两次是从
青海海北自治州的大草原，翻过祁连山去张掖、敦煌。有一次，在
山南的绿色原野上，突然遇上了裕固族鲜艳无比的马队——原来是
接新娘子的队伍。我们的车整整跟行了半个多小时，好好领略了一

番兄弟民族的婚嫁风情。

几十年过去了，在驰骋中跳出的这彩色回忆，让我想起一句名言："这个世界的启示在荒原！"这话是美国一位林务官利奥彼特说的。他毕生与大自然打交道，悟出了这个道理。

为什么"这个世界的启示在荒原"？因为发达地区是已开发地区、资源已利用地区、发展机遇正在过去或已经过去的地区，大都成了现在时和过去时。未开发的荒原，才是潜力和机遇最富集的地方，资源保存最佳的地方。荒原是未开垦的处女地，是真正的未来时，真正的希望所在。

荒原的启示还因为它在文化上有一种"隔离机制"。交流是经济、社会发展的必要条件，这大家都知道，都重视交流。但隔离可以从另一个角度促进社会发展，却不是人人都能想到的。隔离可以保存文化特色，隔离是地域文化个性形成的必要条件。文化个性的丧失，常常和过度交流有关。交流只能促进同质文化的批量生产。这也许是有些国家为了自己民族的文化安全，对现代化保持警惕的原因吧！

荒原对飞速发展的现代社会，还有一种价值平衡、文化叩问的象征作用。对于此岸喧闹繁华的社会生活，荒原像彼岸宁静淡定的精神世界，像灵魂的清洁剂和平衡仪。雪山大漠让被异化深深伤害的人类回到大自然朴素的原点。人类世世代代都在读着高峰与雪山的对话，温习其中史诗般的句子。荒原无语，却何等让人敬畏！

从地形上看，欧亚大陆像一片四轮葡萄叶。四个叶端，分别是地中海、波斯、印度和中国东亚，由于靠近海洋，经济文化发展较早，形成了四大古文化区。葡萄叶的叶掌，则是以帕米尔山结为核心的大高原、大雪山、大戈壁。这里生存条件不佳，文化经济因隔离而滞后，四大古文化开始只能在隔离中独自发展，反而形成了各自的个性，最后又必然向叶掌的文化低谷汇流。我称之为多维文化的向心交汇。

这种向心交汇，使中国西部形成四圈四线的文化交汇地图。四圈，即新疆文化圈、青藏文化圈（即大昆仑文化圈）、蒙宁文化圈、陕甘文化圈。这四圈鲜明地反映着地中海文化、波斯文化、印度文化、蒙古文化和中国中原文化在西部不同程度的交融。四线，即将这四圈文化和世界四大文化联成网络的丝绸之路、唐蕃古道、草原之路（秦直道）、南方丝绸之路（茶马古道、茶盐古道）。

但是，在世界文化格局中，同时还有另一种文化交汇。这就是世界四大古文化，通过海洋辐射到美洲、澳洲和非洲部分地区，和那里的本土文化融合。这种交汇不是内向的交汇，而是外向的辐射性交汇，我们称之为多维文化的离心交汇。离心孕育的美、澳、非（主要是南非）新大陆文化，在深层结构方面，和中亚文化、西部文化有相似之处。尽管两者处于不同时空，发展有很大的差异，但内在的同构却使他们在这里那里产生自觉的呼应和不自觉的感应。

新开发的大陆美、澳地区，已经发挥了多维文化交汇的优势，先后成为发达区域。西部和中亚如何发挥多维交汇的文化优势，不仅内在结构和现代文明相互感应，而且在成果上和现代文明相映生辉，这个任务摆在了我们面前。

我心里有一个世界，那个世界在我心里。

中亚的血脉

帕米尔高原是整个亚洲中部的大水塔、大水库。朝东，昆仑山是世界大河长江与黄河的源头。朝南，青藏高原、喜马拉雅山是世界大河恒河和伊洛瓦底江、湄公河的源头。朝北，阿尔泰山和蒙古高原是亚洲大陆流向北冰洋的几条河——鄂毕河、叶尼塞河的源头。那么朝东北呢？天山山脉孕育了中亚的三条内陆河——锡尔河、楚河、伊犁河，加上发源于帕米尔高原以西兴都库什山脉的喷赤河、阿姆河，都是中亚各国的母亲河。其中与丝路关系密切的是前面三条河。

这三条河自古以来共同养育了哈萨克、乌兹别克、吉尔吉斯、土库曼的土地和人民，也见证了这里的历史变迁和刀光剑影。三条河流的波涛奔腾着中亚各民族的生命力和创造力，也映照出千百年来种种的沧桑、血泪。这三条母亲河还涵养着中亚的民族性格，中国新疆和中亚的许多文化、信仰、风俗全能从滚滚的河水中找到根源。更有意思的是，这些民族性格中竟然有许多与现代生活相呼应的质地。

且听我一条河一条河慢慢道来。

伊犁河在我国新疆伊宁市和察布查尔锡伯自治县境内已经水量

很大了。伊犁河沿岸是一个民族杂居的地方，哈萨克、维吾尔、俄罗斯、吉尔吉斯、乌兹别克和汉人都有。他们不是没有摩擦，但更多的是磨合，在磨合中和谐共居、融汇进步。我在《中国西部文学论》中专门谈了西部的 10 点文化优势，其中一点即西部人多民族杂居状态和现代人跨社区生活状态相呼应，西部人因杂居带来的心态杂音和现代人文化心理的杂色相呼应。在论述中专门举了王蒙在新疆下放时写的纪实文学《在伊犁》，书中写到伊宁市一个大杂院，七八个民族互相关爱和谐共处的故事和生活场景，并做了以下分析：居住杂化和心态杂色，也是一种多维文化交汇。人是文化的带电体，杂居就是不同带电体、不同心理场、不同文化场的交叠融汇。杂居虽然主要表现为无意识和潜意识文化的交汇，又总是现有民间社会文化甚至意识形态文化交汇的现实和心理基础。

我还分析了这种杂居状态和杂化心态在现代生活中的意义：杂居状态和心态使丝路沿线人的文化感受能力、智慧杂交能力、视角转换能力都较强，他们能较快掌握多种语言，适应新的环境，建立新的人际关系。这都是适应现代生存的潜在能力。

锡尔河是中亚最长的河流，它流经乌兹别克斯坦、塔吉克斯坦、哈萨克斯坦三个国家，长达 3000 多公里，包容过西逃的北匈奴，养育过突厥、葛逻禄、粟特等许多民族，承载过这块土地上的荣耀与耻辱、辉煌及没落。这里的粟特人以善于经商闻名世界。从东汉直至宋代，他们活跃在丝路上，几乎操纵着中国与欧洲之间的转贩贸易，向欧洲销售中国丝绸，又向中国销售西域的名贵珠宝。这种"重商"风格与我国明代的徽商好有一比。徽商以资产多少选祭酒、定座次，粟特人则是"亲兄弟明算账"的典范，甚至还有"亮宝斗富"的风俗。每次聚会入座前，大家都将随身的宝物亮出来比富。宝物多而贵重者，带帽居上座，其余按财物多少排序入席。这种善商贸、重利益的文化风气，与现代市场经济对文化心理的要求是很适应的，它远远超出了"重农抑商""君子不言利"的传统社会。

楚河有着一个与中国《山海经》相关联的名字：碎叶水，以它宽阔的河谷，在干旱的中亚地图上创造了一片"山地绿洲"。它依靠天山山脉曲折起落地前行，从帕米尔高原上俯冲下来，以极大的水势冲刷出这片河谷绿地，创造了巨量的水电资源。河谷绿洲长达200 公里，最宽达 80 公里，沿途风景和中国境内丝路经过的河西走廊很相似，地理学家又称它为"东河西走廊"。这里适合发展现代农业，尤其是大面积的棉田耕作。在前苏联时期，中亚各国扮演着棉花供应商的角色。现代机械化农业得到急速的发展，但过度的开发，也产生了生态悖论。大量的河水被引入棉田和发电站。河流过度的奉献导致自身严重缩水，咸海竟向湖心退缩 100 多公里，含盐量大幅度上升，周边生态遭到严重破坏，以至联合国秘书长潘基文在一次实地考察后忧虑地说：咸海是"20 世纪人类最大的生态错误之一"。

要现代化，更要生态化！——这就是中亚三条母亲河对我们的告诫。

西陲纪美

一

正是历史感使得一个作家能够最敏锐地意识到他在时间中的地位，意识到他自己的时代。

——T·S·艾略特

我的目光由东往西，在一幅地图上巡视。色泽浅绿、淡黄而深褐，色块愈来愈大，它的边沿由游动的曲线变为有棱有角的折线。开初，大约是宝鸡和陇东，可以看到被林带隔成方块的条田。迟收的夏田，证明着"阳春烟景，大块文章"在西北，在农历六月，仍然是个有生命的佳句。到了兰州、永登一带，便全被漫山遍野驼队似的山色所代替。说是驼队，一点不假，山披一身驼色的土，脊上稀疏的小树，恰是栽在驼峰上的褐毛。只是全都匍匐着，全都缄着口，也许在长旅后默默地消散着累，也许在远行前默默地聚集着力，横竖不事张扬就是了。

我想起一首"新边塞诗"中的两句：风沙淹没了烽火台，塑造起历史的驼峰。再往前，驼队却消失在沙砾之中。戈壁惨白而平坦，像风浪中驶过来的帆，被拉出一道一道长长的口子，必定是由西伯利亚翻越阿尔泰山长驱直入的西北风留下的杰作。凄厉的风是怎样年复一年周而复始在这里咆哮翻滚，用钢牙利爪撕扯，历历如在目前。只是长长的伤口里再也流不出血水，那是干枯的河床。血流尽了，有的结下黑色的痂，有的连疤痕也看不到，就那样裸露着，被灼热的风烤干了。看来，汉文的"疯"字所以采用现在这样的结构组成，除了取其谐音，一定还取其谐意——在戈壁滩，风真是病态的，真正是疯狂的啊。

　　我也看见了村落或者城市，似一个两个结在藤上的葡萄。墨绿或紫褐色的颗粒，牢固而执拗地挂在风拉开的大口子上。那绿，也许是一汪海子，一片林子；那紫，定是人家了。可是，它们挂在枯藤上，怎样生存呢？不久，便幸运地看见了火车。是火车，似一条小蜈蚣在戈壁上爬动，只这么一次，这么一会儿。我放心了，我知道，大地上还生长着另一条有生命的藤。火车这么小，人自然看不见了。但心中从此便有一支驼队缓缓地行进，用信念、用耐力丈量西部的土地，驼铃响到哪里，人类的生命和创造就在哪里像芨芨草扎下根。一队又一队、一代又一代，驼队消失在历史的地平线上，给戈壁留下了蹄印，留下了生活。

············

我在8000米的空中，在西安至乌鲁木齐的客机上，对照着手里的小地图，凝眸俯视着机翼下的大地图。要感激天公，收尽了云翳雾幛，给我以极高的能见度。伊尔-18的航速不算太快，我却感到自己乘着超光速的神鸟在追赶时间，超越光阴，一个驼蹄一个驼蹄追踪着西部生活的足迹，一页一页翻检着这块土地的历史，收纳着其中储存的信息。

快到乌鲁木齐，飞机降低了高度，侧身盘旋。左舷下方，天山在西斜的阳光下出现。博格达峰顶着雪帽，穿着绿装，全身跳动着银屑似的光斑。它温爱地俯视着脚下的城市。它保护着它，以丰润的雪水、葱郁的森林资源养育着它，帮助这里的人们创造文明。它是历史的见证人，又是现实的参与者。雄浑而冲淡，冲淡而不出世。它牢牢地恪守两个字：无言，将热烈涵盖在厚厚的雪被下面。素处以默，善行而无辙迹，在欧亚大陆腹地为庄子所云"淡然无极，而众美从之"做了一个注释。

二

> 人不仅通过思维，而且以全部感觉在对象中肯定自己……这是
> 人的一种自我享受。
>
> ——马克思

西安到乌鲁木齐的距离比西安到北京还要远。但登上飞机，在
云层上蒙眬了一会儿，什么还没有看清，便降落了。其实，乌鲁木
齐只是我们这次旅行的一个逗点。几天之后，便坐上了继续西行的
汽车，前往伊犁。真正的天山行现在才算脚踏实地地开始。由于飞
机几十倍地浓缩了时间和空间，往后我必须将西部给予我的最初印
象放大几十倍，重新做一次较为细腻的感受。

在那条不用拐弯和减速的公路上，向西，向西，向西。离开石
河子市后，除了地图上标出的几个城镇，几乎全是无垠的戈壁。没
有变化的色彩，没有变化的线条。多年在城圈的逼仄和喧闹中讨生
活，这种单调倒唤起了内心的活跃。灰褐的荒漠离生命相去似有亿
万斯年，总也跑不到的地平线不断朝前挪动，给人希望就要出现
的激动。

　　傍晚时分，乍然一座大山在远方拔地而起，从此便绵亘不断相伴着公路，在大地的扇面上缓缓旋动着我们的视角。这山通体铁红，像是由大地腹中涌出的岩浆一次混浇而成。铁线在微紫的天幕上劈出雄健的剪影，夕阳像巨型的探照灯，用火焰般的光芒照射着这座天造地设的铁岭，给它的顶部镶上金红的几何色块。它肯定像地火岩浆那样热烈地沸腾过、激情地奔泻过，而后在宇宙的运动中凝固为庄重，冷却为深沉，像钢筋水泥的长城熔接天地，吞吐大荒。此刻，整个旷野中看不到生物，也很难找到另一组独立成画的小景物。一切都退避三舍。史前的荒野中，只有这座力的纪念碑在天地间旋转，一种至大至刚、至悲至壮的气韵叫你噤然无语。

　　铁岭冷峻地凝视着我们这些向它行注目礼的过客，像是有许多事要告诉你，也要你回答许多问题。西沉太阳的圆周和地平的直线加快接近。相交的瞬间，球体在直线上轻轻回弹一下，切点上爆发出强烈的弧光，太阳和大地便在这炫目的光芒中熔铸到一起。同时，一阵凉风贴着地皮飞过，岚气悠悠袅袅地升起来、弥散开，给铁岭敷上一层纯青、一层淡紫，直至山巅和夜空的分界线渐渐模糊……

　　我被眼前的景象完全地震慑了。这幅大漠落日图宏阔着我的心智，静穆着我的思绪。丹田中全部的阳健之气被铁岭所唤醒，升腾出一种神圣的崇高。我感觉到了空阔中充盈的博大、宁静中回荡的天籁。这感觉难以言状却实实在在。在荒原中，我们失去了绿的流动，得到了铁的庄重；失去了现代文明的赐予，得到了大自然原力的补充；失去了在拥挤人群中下脚的踌躇，得到了辽阔，得到了遥远，得到了真朴，得到了洁净。铁岭在天体运行中色彩的流动和变幻，是山对宇宙生命的感应，暗示着它心中感情的律动，澎湃着它体内不曾冷却的血液。总有一天，它会唱出灼热的歌。

铁岭，人的本质力量的一本打开的书。物我同构，山人坐化，叫你完全忘身于其中。

人类带给这个世界最珍奇的礼物，莫过于能够将自身本质力量对象化了。有了这个珍宝，人和自然才发生了精神联系，世界才有了美，才有了比美还要神奇的审美活动。

有趣的是，实用功能越差的对象物，越来越成为审美对象的正宗。这是不是以高山大漠、碧海长河为诗情对应物的那类小说、诗歌崛起的一个原因呢？是不是人的实用功利越是得到充分满足，对艺术美的追求便越倾斜于装饰性、模糊性、象征性以及写意、变形和抽象的一个原因呢？

三

我喜欢东西是根据对比。

——泰纳

客观对象必须是一个适当的对象，主体也必须是准备就绪的主体……而美就出现在这两者的关系中。

——贾勒德

车上的第二天，有点疲劳了。好没事地想变换个坐态，或者无缘无故地挪动个位置。开始，这生理的疲劳和心理的活跃形成一种反差，这反差好像构成一种情绪上的互补和调节，使人感到惬意。后来，疲劳感不断上升，破坏了情绪互补的自如，便有赖心理抑制甚至压制来保持平衡了。再后来，单调的景物使心理也感到了干渴，反差变为共振。厌倦和疲劳在这种共振中放大，便进入难以忍耐的烦躁。但人在精神上是有一整套情绪和心理自控机制的，故而在此同时，心里又萌发出一种反向的渴望——渴望绿色，渴望生命，渴望景观的变化。我们不约而同去逗前座上的一个维吾尔族小男孩，孩子三岁，眼睛像清泉，蓝晶晶的，当他用维语咿呀嬉闹着，咯咯笑着，大家干渴已久的耳目，便被水花儿溅湿了。后来车停五台镇时，我顾不上去看左宗棠留下的营寨、细问林则徐冒雪推车的情景，下车第一件事，就是给这个孩子买西瓜，然后和这位满脸西瓜汁的小巴郎子合影留念——我认为，他在我干渴的时候是给了我滋润。此是后话了。

西部也的确是了解我们的。蓦地谁喊了一声：羊！可不，公路北边，在骆驼草和砾石中，稀稀的群羊时隐时现。而大家很快就发现，真正的羊群在南边。山脚下，一片草场在我们眼前展开，在山峦以它的曲线画出的地平线上下，白云和羊群构成优美的对称。牧羊人骑在马上静静地伫立。牧羊犬围着羊群热心地奔忙。初夏的草场，密匝匝的茵茵嫩叶织成厚厚的绿毯，一直铺到山脚，裹住山头。看不到一点裸露的土地，看不到一茎野花杂草，像公园里的草坪一般，远不是"风吹草低见牛羊"的景象。墨绿的塔松，用队列般整齐的线条，勾勒出低缓柔和的山势。在大景框中，塔松、毡房、清泉，这里那里组成一个个风景点。而白云和羊群，像是不经意散落在原野上的音符，在你心头奏出一组组恬静舒缓的和弦。

一朵边沿闪着银光的灰白云朵，匆匆忙忙擦着车眉飞过，接着就见最近的那位牧羊人披上了雨衣。羊群有些骚动，狗叫着维持秩序。原来下雨了，好大的雨。透明的雨帘在草原上拉开，雨脚掠过，带起一团团白气，像是马蹄下的烟尘。奇的是，一箭之遥的公路上，却艳阳如初；更奇的是，稍远处的另一群羊也依然在骄阳下安详地挪动。那位日光中的牧羊人大声对雨中的伙伴喊叫什么。车上的哈萨克族同志告诉我们，他在说：但愿你的鞭子里灌满水，晚上乐尔茜达芙不准她男人进毡房……

这幅音画，在车窗外缓缓地旋转了几个小时，草原和戈壁同样无涯。戈壁干燥、荒凉的原因，恐怕正匿藏在草原的温润、繁盛中吧？我正这么想着，赛里木湖就作为一个明确的回答出现了。

"赛里木！"刚转过一座山坡，随着一声惊叫、一阵凉意，全车的人都迎着北面的大湖刷地站起来。惊悸的、慨叹的、沉思的、热烈的、迷恋的目光一齐投向它。这是群山环抱中的一片汪汪巨泊。海拔高程 2000 多米，东西长 20 公里，宽 30 公里，是全疆最高最大的高山湖泊。它通过电波、文字、银屏各种传播渠道，闻名社会。它像一块硕大无比的绿色玻璃镶在群山之间，晶莹剔透，纤尘不染。它像一面由艺术的水银制成的魔镜，将映现在自己身上的雪峰、白云、森林，加工、美化成艺术品，灌注进新的生命。此刻，清澈的湖水在阳光下变幻着色彩，显得高远而神秘。天蓝、湖蓝、紫蓝、深青和翠绿、孔雀石绿，在交融，在变幻，在微微涌动，使你惊异于绿色系原来如此丰富和具有生命力。汽车在湖边跑了一个小时，不过在它的南半圆擦过。好大的湖，本应流进戈壁的雪水，都凝结在这里了。好绿的湖，整个戈壁的绿都被它占有了。好冷的湖，漫长的夏季烈日也无法稍稍提高它的温度。赛里木湖的一切都是双倍的：双倍的水，双倍的冷，双倍的绿，双倍的洁净。它双倍地补偿了戈壁滩的干热和单调。

新疆真是妙不可言，它不像苏杭，用高密度、高频率的审美信息搞得游人目不暇顾。它不轻易地满足人，而是要你在一个天地、一种情调中长久地驻留，非深深进入你的内心不可。它挺爱吊人的胃口，不经过长久的渴求、等待不让你进入新的景观。它总是在恰到好处的时候，把你引到一个新境界。不变则已，一变则用大跌差的对比，使疲劳的审美心理为之一振。好一个新疆！真懂得悬念，懂得蓄势，懂得引爆，懂得对比和反衬。真懂得集中力量，去创造强烈的、宏大的美。而新疆，你又是多么沉得住气。你不动声色却那么机智地掌握了审美的主动权。你理解我们却不迁就我们，征服了我们还要我们五体投地感谢你。亚克西，大拙和大智的新疆，哲学家和美学家的新疆！

大家忘情地奔向湖边。一面跑一面添衣服。嘴里呵出白气。鼻子通红。有人雀跃。有人歌唱。有人争着描绘它的倩影也描绘自己的感受。有人以它为底版留影。有人掬起一捧雪水想和它亲昵，透骨的凉却使他惊叫着跳开，心头掠过颤栗。是的，它对任何热情，回答都是毫不动容。和所有的名山大泊一样，也有种种罗曼蒂克的民间传说记录着赛里木过去的柔情和热烈。和所有的湖泊不一样，唯有它决然地将过去的一切冷藏在心灵的最深处（据说，湖的最深处有90米！），连汽艇也划不开一丝波纹。至于从全国各地运来的鱼儿，在湖中的命运，大多是以嬉闹开始而以冻僵结束。它静静地朝天躺着，和群山和苍穹做永恒的对话，不让它们的影子在心中稍微地摇动、稍微地模糊。

赛里木终于以冷激光般的力量医治了我们的轻浮。最初的激动消失了，大家沉浸到凉飕飕的理想的思索中，为方才的浅薄而愧疚。心中的尘埃和噪声，在澄澈的湖水中沉淀了。离赛里木西去时，车厢和湖泊一样静悄悄。不用说，这是那种无言的充实了。

四

任何化学反应都是由冲突走向和谐。新化合物美丽的结晶体，来源于元素在运动中的重新组合，来源于原有结构的破坏和新结构的诞生。

珍珠贝分泌液体来包融进入自己体内的异物，在长久而柔软的过程中，终于以强韧精神使异物变为珍珠。它几乎总是胜利者。

——摘自读书笔记

　　顺果子沟穿出群山，进入伊犁河谷，好像回到了陕西的关中平原。路边有熟悉的杨树和槐树在后移，树与树之间有熟悉的田在闪过。又看到了黄土，黄土板打墙围起的院落，黄土村道上荷锄的、吆车的农民，突突往来的手扶和小四轮。只是农家院落中的葡萄架和坐在门前石墩上穿着民族服装的妇女，显示出异族情调。而下地劳动的维族男子，穿着和汉人却很难分辨，也许是共同的劳动方式决定了相近的生活方式。看来，社会文明结构和文化环境，一方面由民族的、地方的纵向传递所决定，更重要的，还得看到特定时代经济生活和实践活动的左右。民族大团结最深刻的基础，恐怕要到共同的实践活动中去寻找吧？

　　如果乌鲁木齐是一个逗点，那么就是河西走廊和天山北麓两个长长的破折号，把我们引到伊宁边城的。它将为我们的旅途画一个句号。伊犁河谷是古代历史的后院。由于西面、南面、北面雄踞着波斯帝国、印度帝国和俄罗斯帝国，东面又是无尽的戈壁将它和祖国的中心地区隔开，许多少数民族被挤压在这块绿洲上繁衍生存。强大了，便以这里为基地出击，冲上历史的前台，演一出激越悲壮的史剧。失败了，回到这里，以戈壁和峻岭的天险为长城，养精蓄锐。是历代许多仁人志士、汉族移民、商旅和流亡者的后代，和本地民族密切合作，戍边屯垦，维护了祖国版图的尊严。在这多声部的交响合唱中，有多少悲惨的颤音啊。正像一首诗写的，残破的圆明园，荒凉的古战场，一个耻辱留在京都，一座山峰铸在边境。

伊犁地区被称为世界人种的展览馆。这里聚居着 30 多个民族，这些民族分属汉蒙、拉丁、印欧、斯拉夫各语系。而这里的汉人，由于新中国成立以来全国各地支边建设的结果，又是五湖四海杂居，陕、甘、川、沪、豫各省市的人都可以在这里找到自己的同乡。伊犁的小城镇，常以普通话为日常用语，而且可以看到汉语和民族语言词汇互相渗透的现象。伊犁州电影电视艺术协会的一位同志在家里接待过我们，她是乌兹别克人，丈夫是哈萨克人，从小在汉族地区长大、受教育，婆婆是维吾尔族人。这个家庭真是西部民族地理的一个切片。

在伊宁，当你从满街俄罗斯风格的建筑前走过，马上走进一个巴扎（市场），浓烈的中东情调立即混合着烤羊肉的香味扑过来，在这里，你可以选购土耳其的发卡和波斯头巾，也能惊异地看到一位维族老人戴着花镜在看汉文的《三国演义》。我听过一位广东人如数家珍地介绍伊犁各民族的古代文化和现代文化，边介绍边用维语、

哈语、俄语向身边的民族同志订正一些情况。我也听过伊犁师范专
科学校穿着喇叭裤和 T 恤衫的哈萨克族女大学生用普通话给我们讲
述新疆社会先进与落后的两极震荡现象。各民族文化在这里的交汇，
简直是带血缘性的。它已经形成这个地区特有的民俗风情、价值观
念和思想方式，有时甚至表现为整个社会群体某种天然的精神特质，
比如伊犁人对掌握各种语言的特殊才能，就叫人感到带有先天性。
恩格斯曾经谈道过，人类除了生理上的遗传基因之外，那些由世世
代代长期的社会实践所形成的社会心理和后天的气质，也会通过呈
相对稳态的文化结构、通过社会模板"遗传"下来。他称这种社会
文化心理的继承为"获得性遗传"。

　　7 月 30 日，我们去伊犁河畔的汉滨乡访问。夏日炫目的阳光，
带着响声在欢腾的河水中流动着。再有 30 里，这条河就进入俄罗
斯境内，它将在那里流入巴尔喀什湖。伊犁河大桥联结着对岸的察
布查尔县，那里生活着清代由东北迁徙来这里戍边的锡伯族战士的
后代。好客的主人在葡萄园里欢迎我们，并且在阿拉伯风格的亭子
里组织了一个民族歌舞联欢会。舞蹈将大家的步伐调到一起，歌声
则通过河与桥的垂直坐标发散飞扬开去。

　　有时候，欢聚的喧闹和独处的寂静一样能够激发人的思考。对
帕米尔高原的成因，地质界众说纷纭。有一种解释是：这个世界的

屋脊，是由欧亚大陆几个大的地质板块，即中国大陆、印度次大陆和中亚板块在地壳大变动时挤压而隆起的。这实在也形象地解释了西部的文化地质构成的原因。我觉得中国西部的社会文明，也是由欧亚大陆各种文明板块交汇而成的。可以说它是东亚、南亚、西亚、中亚几大文化区的接合部，可以说它是伊斯兰教、佛教和儒道（或儒道互补哲学）的多色晕染区，也可以说它是游牧文化之河和土地文化之河的"两河口"，"移畜就草"的"移"和"守土为业"的"守"，矛盾统一。不管怎样措词，都是想表述我在中国西部历史文化和现实生活中的一点确实感受：边缘是一种优势，交汇是一种力量，多方吸收为我所用能够创造新鲜的美、独得的美。这种优势曾经创造过汉唐文明和西域文明的峰巅，今天，今后，能不能创造出新的、更高的峰巅呢？能的，一定能的。

在热烈的手鼓和都塔尔、热瓦甫的演奏中，在电子音乐的一再激励中，不会跳麦西莱大群舞也不会跳迪斯科的我，只好盘腿端坐在地毯上，借着奶茶香腾腾的热气，痴痴地这么想着，拳拳地这么期待着。

乌兰巴托之旅

一块熟悉而又陌生的土地

去年，我们中国文联访问蒙古代表团一行五人，董良翚、魏军、狄森、顾佩芳和我，登上了中国国际航空公司的班机，飞向乌兰巴托。临行前，来送行的中国文联秘书长孟伟哉握着我们的手说："你们马上就要在一块熟悉而又陌生的土地上降落。"

果不其然。

空中的蒙古东南部极像兰州以西的中国西部。我长久地贴在舷舱上，沉默地看着沉静的大地，寂寥、空廓，一幅现代色彩很浓的无笔画在眼前展开。黄的底色，褐红、橙黄、米黄、月黄和些许的淡绿，自如地揉擦、渗化在一起，使你深切地感受到了黄色的丰富。这幅黄褐的地形图上常有黑点，那是墨绿的湖泊和松林。有细细的黑线，那是纵贯全国的中蒙俄铁路大动脉。有一朵朵浮于机翼下的云和云下的影。

沙漠一直绵延到乌兰巴托近郊，然后出现绿色的山林，然后是卧在山谷中的城市。飞机盘旋一周，降落。一出舱门就呼吸到了熟悉的空气。那是清凉的，甜丝丝的。我们这几个才离开燠热难耐的北京来客，像是喝了一口没有任何污染的清泉。城市开阔，分外干净，清风徐来，在肺腑中流动。云很低，很厚，阳光从云隙中照下来，使云层显得饱满而水分充溢。云影和光影相携着在街道上散步，有时就从公共汽车和行人的脸上走过去。这一切，太像呼和浩特，太像西宁、银川和榆林了！真是一见如故。

去国宾馆的路上，我把这种感觉告诉来迎接的蒙古艺联领导台亚卡。他笑了，马上给我们讲了一个"云很低"的故事。前两年，一整块云从头顶上哗哗啦啦掉下来。乌兰巴托市东区一小时内下了250毫米的大雨，有的房子塌了，自行车被风刮得自己跑起来，煮奶茶的茶炊飘在水上逛街，但西区却艳阳如炽，一点事也没有。我也马上给他讲了一个在祁连山麓亲眼看到的奇观：路这边一个牧民披着雨衣在暴雨中赶拢走散的羊群，路那边阳光灿烂，我们的汽车在柏油路上，一边轮子流水，一边轮子只在路面印下浅浅的湿纹。全车大笑。无须语言，一切得到了沟通。

台亚卡说，他去年、今年两度去北京，请北京人艺的著名导演夏淳来蒙帮助排演曹禺的《雷雨》，"演出成功极了"。他们的民族歌剧团，移植过我们的戏曲《王佐断臂》《窦娥冤》。再往远处说，二十世纪三十年代，就翻译、出版了蒙文的鲁迅小说和杂文。四十年代，乌兰巴托等地成立了不少"中蒙俱乐部"，演出了聂耳、冼星海的歌曲，还请冼星海来乌兰巴托待了一阵，住在鄂温加托家，教授钢琴、传播现代音乐。当年俱乐部的活动家之一札克诺格，如今还健在，正策划将这一段往事编成电影或电视剧。1959 年，蒙古国家歌剧院在中国各大城市演出歌剧《三座山》和民间歌舞，每次演出，中国观众都喊"再来一个"。三十多年过去了，他们忘记了许多中国话，只记下了这一个词，常常用"再来一个"代替"再见"，和中国朋友告别。

无疑，我们虽然来到另一个国家、另一个民族之中，仍然还处在一个大文化圈——东方文化圈之内。我们是熟悉的陌生人，是陌生的好朋友——正如外交部亚洲司负责人临行时给我们介绍的，三十多年的隔离、隔阂，两国之间有了误解、有了偏见、有了距离。苏联瓦解之后，蒙古大幅度改革，两国政府的政治分歧虽告结束，但多年分离的弥合和经济文化的全面交流终需时日。我们这次访问，就是来为重建一座中蒙友谊的新桥出一点力的。

说话间，已经到达河南岸大天口蒙古国宾馆，进入大门，国家总统奥其尔巴特的官邸从眼前掠过。鹿群和牛羊在草坪上悠闲地漫步。接着出现了一幢松林掩映的乳白色楼房，楼前升起了中国的五星红旗——我国国务委员、国防部长秦基伟上将正在这里访问。新华社代表团也下榻于此。车停在楼前，旋转门一打开，一股暖烘烘的羊膻味扑进鼻孔，带给你戈壁之家的温馨。

一切安顿好之后，台亚卡握手道别。我们用刚刚学会的蒙语说："巴也日泰（再见）。"这位爱喝酒的前国家剧院院长诙谐地眨着眼睛，用汉语说："再来一个！"

民族精神在艺术中奋起

稍稍深入一点就处处感受到乌兰巴托的异国情调。

这里到处流淌着牧歌似的闲适。乌兰巴托60万人，看不到拥挤的街道。即使在市中心苏赫巴托广场附近，人们也是三三两两、不慌不忙地散步。政府大厦后院的草坪上就有牛群吃草。百货商店、公共汽车站是比较拥挤的地方，但人们安静地排队，安静地等候。全城没有无轨电车，也很少有自行车。近年来虽然有些青年骑自行车上街，社会心理还有点承受不起，认为这玩意儿不如马背上安全。翻译娜仁的儿子马上要考大学，买了一辆自行车，只骑了十来天便被"勒令停止"——太让父母操心了。所有的商店、邮局、餐厅都没有门面，没有橱窗，像住家户和机关一样，隐藏在一扇小小的门背后，不留心很难找到。国家商店和国家机关一样，到点就关门，星期天全部休息，要买东西，只好到离城十多里的自由市场去。蒙古的学校，假期出奇的长：小学的暑假从 5 月到 10 月，中学从 6 月到 9 月中旬。整个夏季凉爽而又温暖，是牧草生长的最好季节，牧区与小城镇的学生要帮家里放养牛羊，准备冬饲料。城市里的孩子，则跟着父母到郊区的"夏营地"居住，在森林和草原的蒙古包或小木屋里体味祖先的放牧生活，也经验、复活祖先遗传下来的游牧文化心理。蒙古朋友的时间观念是不强的。在蒙古待了十几天，到底弄不清他们上下班的准确时间。宾馆开饭的时间是浮动的，从上午 11 时至下午 5 时，我们都在那里吃过"中饭"。说第二天上午去哪里参观，可能是 8 时也可能是 10 点半。有一次，我们于 11 时半的"早晨"，才开始了一天的日程，在苦笑中经受了国内从未有过的闲适。

但当你参观了乌兰巴托的蒙古包区之后，这一切便都可以理解了。在乌兰巴托现代化商业区和住宅区的新式楼群的西面，有几大片蒙古包组成的街区。成千上万个蒙古包一组一组整齐地排列在缓山坡上，用木板墙隔成院落、街道，标出街名、门牌号码，别有一番风情。它像北京的四合院一样，代表着一种文化，一种生活方式，一种心理状态。它们和高速度、快节奏、多向多面的生活方式距离遥远，是乌兰巴托闲适情调的文化策源地和文化培养基地。

这里到处可以感觉到俄苏文化政治、经济的沉重影响。乌兰巴托的建筑十分漂亮，它以蒙古包的各种变形建筑和俄苏东欧的建筑格式为主，艳丽而又沉着的铁锈红、云灰、土黄、沙白色的建筑和车流，在高原灼人的阳光和云影的变幻中，完全是一派异国情调，是东西方文化互相渗透的一种结晶体。我们接触了蒙古全国艺术家联合会、蒙古国家歌剧院、蒙古电影制片厂、蒙古诗歌漫画协会以及蒙古十几位老一代知名艺术家，他们大多数都在莫斯科、彼得堡、基辅和保加利亚、东德留过学。蒙古歌剧演出像欧洲歌剧一样，一唱到底，没有对白，连"你好""我来了"也唱，而且沿用幕间谢幕的欧洲习惯。歌剧的内容虽然是民族的，但全部是管弦乐和西洋美声唱法。苏联解体后，街道里俄国人仍然不少。车站、商店，成群结队的俄国人自如地活动，俄语几乎是蒙古国的第二语种。卢布在国营商店以外的市场上自由流通。45 岁以下的蒙古老百姓不懂得原来传统的蒙族文字。蒙古新文字以俄文字母为基础，已经被蒙古中青年两代和整个社会所认可。在一部电影里，我看到《莫斯科郊外的晚上》已经作为通俗群众歌曲在蒙古包和牧场上流行。相反，他们对中国、对中国文化比较陌生。文化界的上层人士，很多搞不清"山西木金（省）"和"陕西木金（省）"的区别，也不知道西安。在国家儿童公园的门口，用蒙文、俄文、日文、朝文写着"欢迎"，唯独没有中文。在宝格德故居（相当于中国的故宫）、国家图书馆，解说词中往往出现"过去，在满清政府的压迫和中国商人的剥削下如何如何"的字句。应该说，他们还带着一种戒备的目光看中国，而与俄苏心理上更为亲近。我感到一种中国人的失落和东方人的感慨。

苏联解体后，蒙古较快地迈开了改革的步子。这一切都开始发生变化。蒙古艺联主席、音乐家赞格达，父亲是山西大同人，却讳言自己的中国血统。他自己、他孩子全部在苏联和保加利亚深造，说一口漂亮的俄语。现在不同了，他意味深长地对我们说："蒙古说到底是东方国家，我们要转向东方。"

在蒙古电影制片厂我们看了一部刚刚摄制完成的影片《你也在其中》，真实地反映了这个民族在文化精神上痛苦的裂变过程，民族意识在这种裂变中自觉、自强。《你也在其中》写的是一位热爱民歌的音乐家，由于上级强制他唱欧洲古典歌曲《跳蚤之歌》，他唱不好，群众也不欢迎，精神受到压抑而酗酒。在不准谈民族英雄成吉思汗的时代，他醉后失言，犯了"民族主义"的错误而入狱，最后被折磨至死。全片流动着一种蒙古民族恢复自己文化精神的强烈愿望和民族意识被异质文化压抑的痛苦，令人震撼。这种压抑现在已经成为民族文化振兴的强大动力。

恢复蒙古民族文字的运动方兴未艾。几位老艺术家喜悦地说：

孩子们又可以学祖先的文字了，和他们可以沟通了。艺联给我们安排了三场演出，全部是民族歌舞和群众歌曲。谢幕时，不是领导上台，而是由专家向观众介绍编导和主要演员的父亲："是他们为我们民族培养了这样出色的人物！"别有洞天。

从观众热烈的共鸣来看，真正民族的艺术不但是民族精神中美质的提炼，而且必定会反过来增加民族精神中的钙质。我问女诗人沙龙特娅：你感到自己的诗是哪种风格呢？现代的波德莱尔，民族的达姆丁苏隆，还是俄国的涅克拉索夫？她不假思索地回答：都不是，我追求的是我自己的风格。我感到自己提问的笨拙，也又一次感到了民族的尊严。就在这次宴会上，蒙古画家当场给我们画了速写头像，很是传神。

主人请我们到过市郊特里基森林木屋餐厅吃饭，也请我们到过另一家合资餐厅小宴，但最隆重的一次，是在乌兰巴托最大的彩虹饭店顶楼的蒙古包中设宴话别。那天，翻译娜仁特意穿上了用中国绣花缎做的蒙古袍。艺联副主席兼秘书长说："我们总是在蒙古包里宴请最尊贵的客人。"这次宴请一切按民族的习惯进行。我因为不胜酒力，悄悄地用饮料代了一次酒，被招待小姐毫不留情地罚了一小银碗的白酒。这杯酒罚得我好高兴，这是一个民族的热情。我专门和招待小姐合影留念。

　　每次回到大天口国宾馆，我总是凝望着奥其尔巴特总统现代化官邸二楼的阳台。那里专门盖了一个蒙古包，据说总统每年夏天都要在蒙古包里住一段日子，在这个蒙古包里设家宴款待客人。1992年春末夏初杨尚昆主席访问蒙古时，就做过这个蒙古包的上宾。

　　蒙古人的毡帽，不管变多少花样，都酷似一个小小的蒙古包。260万蒙古兄弟天天将它戴在头上，真是一种象征、一种顶礼。

"神灯"餐馆和自由市场

　　到乌兰巴托的第二天，我们拜访了中国驻蒙大使馆。一幢四层楼房，一个挺大的院子，再加一幢空了半截的宿舍楼。其规模仅次于俄罗斯驻蒙大使馆。

　　不久，大使馆文化处又请我们去玩。问我们想吃什么，我们毫不客气地说，吃饺子！还要有辣椒醋水！炎黄子孙在国外见了分外亲热，大家一面看着卫星专线传送的中国中央台电视节目，一面动手和面、擀皮儿、包、煮、捞、吃、谈笑。毛翰成临时代办和文化处处长周宝祥较详尽地给我们介绍了蒙古的近况。

　　苏联解体、东欧剧变之后，蒙古目前正处于政治、经济全面改革时期。国有资产向股份制和私有化发展，一党制变为多党制。社会上出现经商热，连大呼拉尔（全国人民代表大会）也开办了自己的经济实体。各单位团体可以直接开展国际联络。我们访问期间正值蒙古大选，社会生活既活跃又混乱，群众对改革有牢骚也充满期待。乌兰巴托经过几十年的建设，居民各类生活设施本来基础较好，生活水平不低。全民公费医疗，单元楼全天供应热水，还可以用电炊具做饭。有的还有自己的夏营地（别墅）、汽车和摩托。但由于受原来社会主义阵营"经互会"的束缚，未能形成国民经济的综合体系，只是单一的牧工商系列。苏联援蒙项目和人员撤走之后，给蒙古国民经济、人民生活造成一定困难。商品匮乏，物价飞涨，图克里克（货币）大幅度贬值，不少居民生活用品凭证配给。自由市场上有很多中国货和由中国转口的西方货。人民币（他们叫"元"）在自由市场比较抢手，1元可换40图（国家牌价1元换20图）。国宾餐馆的餐桌上，糖和奶酪都是中国产品。许多人开始自谋生路。

　　经我们要求，主人安排了一次去乌兰巴托个体户餐馆吃午餐。这个餐馆有一个诱惑人的名字：神灯餐馆，叫人想起《一千零一夜》的神秘。它坐落在宇宙区的一大片公寓群中，门口设有招牌，设在单元楼2层。5间房，3间用于操作、储藏、开票，1间是小卖部，只留1间做餐室，放2张西餐条桌，12个座位。由于摆得挤，一次只能接待两批客人。一色的瓷砖、电炊具，配有洗手间和电话。档次较高。

厨师哈希户接待我们。她 50 多岁，年轻时从乔巴山大学食品技术系毕业，一直供职于豪华的彩虹饭店，退休以后来到这里。丈夫桑德伊克那努是国家历史科学院副博士，专门研究成吉思汗，还撰写过《蒙古七十年海关法律》《乌兰巴托史》等著作。他们有 4 个孩子，因为孩子多，国家给母亲发有奖金。大孩子 28 岁，留学保加利亚学经济；老二在俄罗斯圣彼得堡学外语，并定居；老三在大学学法律；老四上高中；这是一个典型的知识分子家庭。哈希户穿着朴素，大眼睛里闪着文静多思的光辉，一副蒲翠耳坠在灰白的鬓角下晃动。她不爱说话，显出些许知识分子的矜持。

"您为什么要来餐馆工作呢？"

"为了支持儿子。这个餐馆是在俄国的老二联系一位日耳曼（德国）人开办的。这个德国人在蒙古有好几个企业。——再说，改革后，我们俩的月工资只有 9000 来个图（220 元人民币），生活也有些紧张。"

小餐水平不算高，但便宜。我们每人吃了一盘肉丁炒粉条，还有黄瓜西红柿凉盘、肉片小葱、面包和茶，花了 190 图，不到 5 元人民币。哈希户说，过去这样一顿，最多只花 20 图。正说着，几个日本人进来就餐。我们刚吃完，又来几个德国人。看来这是一家以外国人为主的比较高雅的个体户餐厅。

第三天，蒙古社会党的《言论报》上正好登出了她丈夫桑德伊克那努的大幅照片，并配有长文，介绍他的生平与学术成就，占了近半个版面。

6月21日是个星期天，我们驱车前往离城10里的乌兰巴托唯一的自由市场观光。一个平缓的山谷，草色遥看近却无。上午10时左右，东坡上停满了各色小汽车、摩托车。阳光照耀的西坡，用木板围起来，买张门票进去，既可以当买方，也可以当卖方。市场没有固定的摊位，更看不到一个柜台，全是流动的人群。以地毯经营为主，各类生活用品，从口袋掏出来就可以卖。有人问我肩头的照相机、鼻梁上的变色镜卖不卖。有的退休老战士，胸前戴满了勋章，挽着老伴，手里拿着几件小餐具之类的东西出售。在这里，3包红塔山香烟可以换一块中国的"袁大头"(银元)。人民币大受欢迎，很多人挤过来要换"元"。谈价格时，因语言不通，便用电子计算器将还价按出来就行。数字的国际化，沟通了语言的隔阂。公平的市场将不同国籍的人汇在一起。有几位辽宁人在那边大声还价，本想上去认认中国老乡，但他们那种口大气粗，在穷兄弟面前充阔佬的口气使我望而却步。五彩地毯铺满了半面山坡，煞是好看。纯毛地毯价格和中国的化纤地毯差不多，但出关时的税款令人咋舌……看来，这只是一个没有发育成熟的初级市场，管理水平和货源与关中的乡镇市场差不多，只是规模稍大些罢了。蒙古，一个改革刚刚起步的国家，一个还残留着许多"大锅饭"痕迹，又正在走向市场经济的国家。现状不能说理想，希望却正在临近。

永远的撒马尔罕

在丝路中亚段让我感觉最亲切的城市就是撒马尔罕。不知是什么原因，也许是我在童年时代接触了这座古城的故事？也许是它不像别的中亚古都，几度改名，像怛罗斯改为塔拉兹，一度又叫江布尔。它几千年坐不改名，信息深深沉淀于人们的记忆中。

最重要的原因，恐怕还是因为这座古城有 2500 年悠久的历史，是中亚最古老的城市。它曾是帖木儿帝国的故都，又是连接波斯帝国、古印度和古中国三大帝国、三大文化的枢纽。前不久，习近平主席在乌兹别克斯坦访问时，专程造访了撒马尔罕。如果说长安是丝路的起点，那这座城就是丝路经贸的加油站和文化的转播台。

我到达撒马尔罕后即发了一组图片到微信的朋友圈，马上收到青海著名诗人撒拉族的阿尔丁夫·翼人的回信，云：肖老师，你到了撒马尔罕吗？那是撒拉族永远的血脉、生命的根——撒马尔罕，请带去撒拉尔 12 万父老乡亲诚挚的祝愿和问候！翼人是我交往 20 年的朋友，上过西北大学作家班，听过我的课，也给我讲过撒拉族悲壮的迁徙史。他们原来就生活在这座古城附近，大约在宋末元初，成吉思汗踏平中亚，他们被迫东迁，由锡尔河、楚河流域到了黄河、湟水流域。最后只剩下 18 个人和 1 匹骆驼，驮着一部《古兰经》手抄本、一抔土、一袋水，那是信仰、家乡和生命。有天晚上骆驼突然不见了，大家打着火把找了一夜，天亮时发现骆驼变成了石象，嘴里吐出一股清泉，正是他们带来的家乡水，而此地的土质也与家乡的土质一样。他们知道真主要他们在这个叫循化的地方落户。为了剪不断的怀念，称撒拉族，自称撒拉尔人。如今已有 12万人，成立了循化撒拉族自治县，生活得安定、和睦、幸福。

丝绸之路，除了是商贸、文化、宗教交流之路，也是民族迁徙交流、团结共进之路。东干族由中国迁往中亚楚河流域，撒拉族由中亚迁往中国黄河流域，就是极有价值的例证。

撒马尔罕古城在 2000 年被联合国科教文组织整体评定为世界文化遗产，它给我最深的印象就是"新古分置"。整个城市根据建成年代不同，明显地划分为城北的"阿夫拉西阿卜遗址区""帖木儿时期建成区""沙俄苏联时期建成区"等不同区域。城北的遗址区是帖木儿帝国以前的古城遗址，帖木儿时期建成区是 14 世纪在古城遗址的西南建造的，算是首都的内城。6 个城门，6 条主街，城市中心是一个宗教建筑组成的广场，周围是低矮的街坊。北门附近有巨大的集市。这一格局基本保留到今天。

这一切，不能不让我想起万里之遥的家乡长安。长安虽是汉唐之都，留存下来的街巷建筑群和单体建筑已经不多，只有经过改建的大小雁塔。城墙内芯虽是唐代的，整体上要算明城墙，城内建筑也多是明清建筑。让人驻足而叹、后悔不迭的是，在现代城市的高速发展中，由于没有坚守"新古分置"的原则，在拆迁和挤兑明清建筑基础上，西安城内竟然高楼林立。新古不分置，新古都受伤害，既没有古迹的有效保存，也没有新城的长足发展和大胆创新。有的街区显得不古不今、不伦不类。

建筑大师张锦秋院士秉承恩师梁思成的思想，很早就提出了西安要"新古分置"的理念。2002年，我与她一道去南京参加世界古都论述，她做了《中国古典建筑美学》的学术报告，我则做了《古调独弹——从传统西安到现代西安》的大会发言，展开论述了西安新古分置的问题。我提出了一个"新古分置——新质古貌——新城古风"的古都城建系统理念。新古分置——古城要和新区分开、分治，尤其是老城圈里的明清建筑要普查编号逐栋保护。新质古貌——不能因保护古建筑而降低城内居民的生活质量，新的城市建筑既要保护"古貌"，又要增添"新质"，在质地上做到现代宜居。这样的保护才可能良性循环。新城古风——毋庸置疑，古城应该在现代化进程中逐步成为一座现代化新城，但西安的城市风气，则应较别的城市更古朴更典雅，古风应成为西安的内在特色。在这个发言的最后，我借鲁迅给西安易俗社的题词"古调独弹"为新西安的建设定调：既坚持古韵古风，又要独创性地弹奏出自己的新曲新调。

从这个角度，撒马尔罕值得我们认真学习。由于他们很早就新古分置，分区保护。14 世纪到 17 世纪的标志性建筑都得到了较好保存，成为这座古城历史文化的骄傲和现代旅游资源。像列吉斯坦的三座神学院建于 600 年前到 400 年前，不但是当时最好的穆斯林学府，也是中亚建筑艺术的杰作，现在仍然气势辉煌。

沙赫静达陵墓和古尔－艾米尔陵墓，分别安葬着帖木儿和他的家族。五六百年了，彩陶贴面依然完整。帖木儿的孙子、著名的天文学家兀鲁伯，为祖父建造了墨绿玉的石棺，上面刻着：谁掘我的墓，谁就遭殃。1941 年 6 月 8 日前苏联组织人挖掘了这座墓，两周后希特勒就进攻苏联。不过那次发掘倒证实了帖木儿面部特征的相关历史记载，证实了兀鲁伯死于暴力杀害的传说，也验证了墓中其他家族成员身份的真实性。

人类的物质财富是消耗性的，而文化精神财富则是积淀性的，随着光阴的逝去，精神文化会不断增值。有这样积淀性的文化眼光，才有保护的自觉性。

"皮实"的印度人

就我访问过的几个国家，印度怕是和中国比较相像的了。和中国一样，印度人口的稠密你在哪里都能感觉到，而印度人活得"皮实"，更远远超过中国人。

按说老天爷是很偏袒印度的，当我们由泰国曼谷北上，沿喜马拉雅山到达尼泊尔的加德满都，再朝南折向印度新德里，这个感觉特别强烈。喜马拉雅山以北，白茫茫的雪峰在地极天际万头攒动，全是人类无法生存的生命禁区。从加德满都稍一往南，大约十来分钟的航程，万丈高原在瞬息之间就降落成了千里沃野，只见恒河，次大陆的生命河，静静地在绿地上流淌。飞机上的中国人都惊叹，咱们的生存环境和人家怎么比？没法比！但一出新德里机场，如潮如涌的人流车流便扑面而来，"人口大国"四个打着惊叹号的黑体字一下子推到你眼前。生存环境再好，恐怕也是难堪 11 亿人口的重负了。

印度一些城市的公共汽车到站不靠路边的站牌，因为没法挤进慢行道上密匝匝的摩托车、自行车流，便那样像抛了锚似的停在马路中间，乘客只好穿行于人群车流的缝隙中，从人行道挤过来上车。公共汽车没有窗子，行车也不关车门，像条大鱼慢慢地在车流中游动，由于车速慢，年轻的乘客有能耐忽地跳上正开的车。在中南部小城阿坚德，我亲眼看见一个小伙子从正跑着的摩托车后座上飞身跳进正跑着的公共汽车，而车上车下竟没有人阻止也没有人惊异，看来倒是我少见多怪了。

印度路上跑得最多的是两种小车：私家车以从日本引进的黑色小奥拓为主，和重庆、西安产的一个型号；公用车以从前苏联引进的一种老车型为主，和我们七八十年代街上跑的"老上海"一模一样，只是大都白色。一白一黑塞满了大大小小的街巷，你于是恍若穿越时空隧道回到了二三十年前的中国。

在印度你常能看见合家挤一辆摩托逛街，黝黑然而俊美的男子开着，后面是妻子搂着个小儿子或奶奶搂着个小孙子，前踏板或前油箱上总还会站着或坐着一个更大一点的孩子，便这样说说笑笑、优哉游哉地穿街而过。

印度的铁路里程以前一直比中国多，现在也不比我们少，但往往铁路边上就有人口稠密的集镇，加之月台和路基两边的防护设备差，我们看着都捏一把汗，他们却不在乎。印度的火车也慢，和汽车一样也敞着窗子，上车时一拥而上，车门口挤不上去或者等得不耐烦了，便从窗口爬进去，那神态是极其自然而自得的。

去阿坚德石窟的路上，过奥兰加巴德城，正是中午下班时分，街上像发了大水，人和车浮在水面上浩浩荡荡涌动着。过十字路口正遇红灯，大家都堵在那里。我看见一辆人力车竟拉了六个人！夫妻俩坐在靠座上，怀里各抱一个小孩，踏脚斗上还蹲着两个八九岁的半大孩子。看来这是一家六口了。我举起了照相机，不料在镜箱里又多出了两个人，两个要饭的孩子，站上了车后的横档，手从夫妻俩肩膀中间伸出，讨钱。钱未讨到，绿灯已亮，车夫不管背后的三七二十一，连两个要饭的孩子一齐拉上就走，一车八人，堂而皇之招摇过市，既无人制止，也无人称奇，看来这也不是第一回了，倒是饱了我们中国人的眼福。

论开发之早、人口之多、秩序之乱，次大陆尽东边面向孟加拉湾的加尔各答可以名列前茅。在繁华大街的安全岛上，常有无家可归的孩子以行乞为生。有天早晨我去坐落在海中的一座印度教寺庙参观，车过某某大街，被红灯拦住。马上有两个孩子从安全岛上跑过来，大的十来岁，怀里抱个四五岁的，由小的伸手要钱。我正找卢比，绿灯亮了，车动了，只好作罢。我回头注视他们良久。只见大的将小的放下，一齐跑回安全岛，那里还有一个孩子，用绳网在两棵行道树上系了个小秋千，于是三个孩子嬉闹着继续他们中断了的游戏。我本有几分悲悯，却被他们对这样以行乞为生的童年天然的习惯和适应弄得有点尴尬。

庙建在一个小海岛上，有长长的海堤和陆地联结。海堤最多二十来米，两边却排满了流浪者，他们叫卖小商品，不屈不挠地缠住你讨价还价，生意吹了便乞讨："我喊了一大早，你得给我几个卢比。"许多人全家吃住在这堤边上，有的用纱丽蒙头而睡，有的撩着堤下的脏水洗脸，有的干脆架火做吃的，随遇而安，自得其乐，就这样贫困而皮实地生活着。在印度，这已是熟视无睹、见怪不怪了。

而在次大陆尽西边、面向阿拉伯海的孟买，这座全国现代化程度最高的新兴城市，一到郊区，在摩天大楼群的脚下，就能看到成片的用包装箱、广告板和塑料布、麻袋布搭建的简陋的贫民窟。在其中生活的人恐怕要以六位数计。好在地处热带，有饥无寒。

回到新德里那天，已是夜色迷蒙，我徜徉于街头，向印度做最后的告别。灯光下的行道树浓荫匝地，人行道上这里那里随地睡着人，身上只裹着一块纱丽，又铺又盖。这些生活在城市最底层的人们，整整劳累了一天，有的打着呼噜，有的咂着嘴，睡得很甜。无拘无束的牛，在睡着的人中悄悄游动，真的有了一种神圣感。我从这些活得皮实的印度人身上感到了一种力量，能够在任何环境中生存而不失自信、奋发图强的民族，是一个生命力强大的民族。这样的民族绝不可小视。从印度回来的这一两年里，有关印度经济科技崛起的报道不断，有人感到突兀，我却觉得必然。能够那样韧性生存的民族，在一定的条件和环境中，是决然会干出惊天动地的事的。我尊敬这样的民族，一如尊敬我们中华。

辑
二

神思西部

中国与世界的拥抱

——"丝路精神"及其中国传统文化底蕴

我 30 年前开始研究中国西部文化，所谓中国西部，其实就是丝绸之路经济带的中国段。几十年中我跑遍了中国西部的丝路，也多次去土耳其、希腊、意大利、俄罗斯、荷兰等欧洲丝路段。去年又参加中国媒体团的"丝绸之路万里行"活动，坐记者们自驾的汽车，跑了15000 公里，经 8 个国家由西安到达罗马。这一趟，途经了我从未到过的中亚各国，这样，算是大致走完了丝绸之路沿线的一些主要国家。

丝绸之路是沿途各国人民由于商贸和文化交流的需要，自古以来分时、分段开辟的。从中国来看，公元前 500—前 300 年就有人在这条路上活动。最早的记载是西周穆王的西行，他一直跑到了中亚一个叫禺知的地方（大约在今天的阿富汗一带）。那以后，四川等地有人到达中东、陕西等地有人到了中亚，进行布匹、马匹各种交易。秦末徐福东渡高丽、扶桑，首开东北亚海上丝路。西汉武帝时，国家正式派遣使臣张骞两次出使西域，出发的地点就在当时的首都汉长安未央宫。东汉的班超更远行至安息（伊朗），他的部将甚至到了东罗马帝国版图中的土耳其。当时东罗马帝国曾派人沿班超西行的路线回溯东行，直达中国东汉的首都洛阳。

其后，晋代的法显和尚由阿富汗入天竺（印度）取经，又经狮子国（斯里兰卡）、印尼爪哇，从海路回到中国大陆，第一次走完了陆上、海上丝路。到了唐代，丝路各国的人大量来长安，大唐西市成为欧亚商贸一个标志性的集散地。唐代的玄奘去印度那烂陀寺取经，研习因明学、唯识宗，促进了佛教在中国的传播与生根开花。他回国后一直在陕西的大雁塔与玉华宫译经布道。再后来，便有了郑和下西洋，明代的国家船队远征太平洋、印度洋，也有了马可·波罗和欧洲其他航海家的中国之行（也有人认为马可·波罗自己并没有来东方，只是根据各种资料、听闻记录整理，介绍了中国）。

19 世纪末，德国学者李希霍芬将这条路正式命名为"丝绸之路"，得到了世界的认可。这一切表明了丝路的国际性。它自古以来就是一条人类共创、共享的国际通道。

是的，也许没有一条路像丝路这样，影响着人类文明的发展。有了这条路，欧洲和亚洲由隔膜到融通。中国感知到了世界，世界也感知到了中国。张骞所在的汉朝，才成为世界认可的中国符号：汉朝、汉人、汉语、汉文化才有了世界性的知名度。

有了这条通道，人类文明发展得最早最成熟的两大洲得以联为一体，世界文明得以由隔离发展时代进入交流共进时代。这才有了德国学者雅斯贝尔斯在 20 世纪中叶总结的，由西方的希腊三贤（苏格拉底、亚里士多德、柏拉图）和东方的佛陀、先秦诸子（老子、孔子、孟子、墨子）等元典思想家构成的文化"轴心时代"。

有了这条路，欧洲的铁器金属冶炼术才得以传播，它照亮了欧亚两大洲的历史进程；中国的造纸术、印刷术、罗盘、火药以及丝绸、瓷器等等，也才得以传入欧洲，成为促成欧州文艺复兴和资本主义社会诞生的重要因素。

而这条路稍稍受到阻隔，譬如在 15—19 世纪的奥斯曼帝国时期，由于宗教信仰不同，欧洲商人较少走这条路，又促成了航海家们从海路去寻找东方大陆，于是哥伦布意外地发现了美洲新大陆。从此海洋文明开始主宰世界。

中国领导人现在提出的"一带一路"战略构想，即丝绸之路经济带和 21 世纪海上丝绸之路，就是在古代海、陆丝路基础上的一种现代的、质的提升。它将陆上文明带与海上文明带组合到一起，将文明交流与现代市场经济组合到一起，将一国一地的发展与全球化进程组合到一起，是一种大思路、大格局。

所以，我在跑完丝路、从罗马回到长安后，从自己亲历的感受出发，将"一带一路"的基本精神提炼为两句话，一句是"走出去，谋发展"，一句是"拉起手，谋发展"。

"走出去，谋发展"主要针对国内。陆上、海上丝绸之路，"路"是为了行走，有路就要行走，要走出去。"丝绸"则象征着和平的经济文化交流。张骞出使西域回国后，汉武帝封其为"博望侯"，并且从那以后汉朝派出西行丝路的使者，一律封以"博望侯"。含义很明显，就是要提倡"博广瞻望"的心胸，提倡大视野、大格局。

中国经济目前是"一体两翼"的发展格局。抓"一体"，抓国内经济，核心的任务是抓国内经济发展方式的转型，抓内涵的改造和质量的升级。在原来重点建设长三角、珠三角、环渤海经济圈的基础上，着力打造长江经济带和京津冀经济圈。"两翼"，就是陆上和海上的"一带一路"。"一体"是"两翼"朝外走的基础和动力，"两翼"是"一体"起飞的翅膀。

"走出去，谋发展"，促进中国经济由内向朝外向转型，由产品经济朝投资经济甚至金融经济提升；也促进中国西部的发展由传统的"大储备"阶段、20年来的"大开发"阶段，全面进入"大开放"阶段。我们这次"丝路万里行"，先后走访了中国援建或投资的希腊比雷埃夫斯港的集装箱码头、土耳其安卡拉至伊斯坦布尔的高铁、格鲁吉亚和中亚其他国家的能源、矿山和制造业，产能、资金、人才、科技的输出已经蔚成大势，"走出去，谋发展"成效喜人。

"拉起手，谋发展"主要针对国际。我们提出"一带一路"战略，既是中国的需求，也是从沿途各国的利益出发的。人类需要合作，世界需要共赢，我们就是想搭建一个平台，各国来共策、共建、共享、共赢，以达到世界和平、社会和谐、民生和惠、人心和宁。力图通过"一带一路"战略，建立中国与周边各国的命运共同体、中国与欧洲的命运共同体、中国与世界各国的多边命运共同体。不结盟，求结伴；不零和，求谐和。这是我们真诚的愿望。

在一个理性的、成熟的现代社会，要改变传统竞争中的零和思维，代之以和谐共赢的新思路。人类文明的优秀成果应该普惠到每个地域、每个民族，使所有人都具有切实的获得感。所以我们主张各国通过"一带一路"拉起手谋发展。现在亚投行已有近 60 个国家参与，"一带一路"已经被近 70 个国家认可，证明这种共赢理念已经被相当多的人认可。

"一带一路"的精神理念、战略布设，是中国当代领导者对广大民众在经济社会发展中创造性实践的总结提升，同时也承继、弘扬了几千年来广大民众在历史实践中的有效经验，承继、弘扬了中华传统文化的优秀精神。在这个基础上，上升为科学的、系统的顶层设计和国家战略。从这个意义上，完全可以将"一带一路"的战略视为我们全民族的创造。"一带一路"精神所蕴含的中国传统文化的各种精神理念，决定了它对人类文明贡献独有的民族性。

就我目前的认识，"一带一路"战略所承继、弘扬的民族精神，可以抓住三个主题词，从下面几方面入手去思考、开掘：

第一个主题词："和谐"——"一带一路"战略体现了中华民族"化干戈为玉帛"的和谐精神，在国与国以及人与天、人与人、人与心内外各方面，追求珠圆玉润的境界。

中华民族自古以"和"立国，有"尊玉"传统。在德国李希霍芬对丝路命名之前，中国朝野一直把丝绸之路称为玉帛之路、玉石之路或骏马之路。

玉在中国自古以来一直是和平、和谐、和宁的符号，是孔子所言"和而不同"的君子精神的证物。新石器时代晚期，玉石神话和玉石崇拜在先民中十分盛行，在那个祭政合一的时代，渐次转化为拉动神权经济和神庙经济的文化动力。而在远古，神权和神庙经济又是整个社会经济发展的领头羊。因而，玉石崇拜也便成为推动经济社会发展的一个重要的力源。

华夏神话中有"以玉为兵"的文化记忆。周穆王西行，是周代帝王一次跨地区跨民族的远游，也是一次探玉之行。他先北行至黄河河套地区，向当地邦主河宗赠送了玉璧，并沉玉入河以祭河神。

河宗告诉他，西边的昆仑山丰产稀世美玉，穆王于是远行昆仑，果然"载玉万只"。他给禹知的女王西王母送的就是昆仑黑白美玉和中原丝绸织品，相见甚欢，以致"对酒当歌""乐而忘返"。这是先祖与西域交往中以帛易玉、以玉行礼、互通有无、和平友好的一则美谈。

在古代，"玉帛相见"与"兵戎相见"是和平与战争的代名词。秦穆公娶了晋国公主，育有子女，谓"秦晋之好"。后来秦晋交恶，秦穆公抓了她娘家晋国的同父异母兄弟，穆姬拉着儿女以自焚要挟秦穆公，说这是上天降下的灾难啊，秦晋两君不赠玉帛而兴兵戎！穆公闻之只好作罢。自此，玉帛相见就是罢兵戎、息争执而以礼相见的代名词。玉可以兵不血刃换取城池，为了名玉又可以兵临城下。玉洁冰清、珠圆玉润更是中国人内心世界和宁、和静的赞语。

帛，即丝绸，可做衣物，是物质商品；也是美化生活的饰物，是文化商品。有纸张之前乃至之后，直至今天，我们常常在丝帛上写字画画，"绢""帛"是最为珍贵的书画材料。而与"丝绸"同一词根的"丝弦"，其意义虽不在一个范畴，在中国则泛指音乐、乐队、乐器，也是一种文化艺术指称。所以，丝绸之路是人类最绵长最久远的和平的文明交流之路。

今天我们提倡的和谐文化，正是直接承继了这种传统的"玉帛精神"。我在一篇文章中曾写道：在北中国的大地上有两个夸父在由东向西行走，一个叫长城，一个叫丝路。长城是烽烟，是干戈，是兵戎相见；丝路是和平，是友好，是商贸和文化的互联互通。中国长城虽然烽烟迭起，但说到底只是一个防御体系，是为了阻挡南下骚扰的族群。不到万不得已、忍无可忍，我们很少寻衅出击，总是以和平为重，以防御性战争来制止干戈，争取友好。我在接受一位英国纪录片摄制者采访时谈到了这个观点，他恍有所悟，说他在蒙古国拍片时，怪不得那里有人说长城是"懦夫的墙"。我纠正他，这不是懦夫之怯，应该读为和平之愿。

第二个主题词："联合"——"一带一路"战略体现了中国古代合纵连横的思维智慧，化对抗为联合而达到双赢的智慧。

将"一带一路"并提并举，我们几乎马上会联想到先秦时代合纵连横的智慧。苏秦的合纵，"合众弱以攻一强"，张仪的连横，"事一强以攻众弱"，曾经让战国七雄在历史舞台上演出了那么威武雄壮的、勇毅智慧的、无比精彩的活剧。这些历史事件通过史家的纪实、民间的传说和历代文学、戏剧作品的传播，早已经家喻户晓、深入人心，几千年来营养着我们民族的政治思维和处世智慧，丰富着我们民族的文化心理和审美情趣。

亚欧古丝路横亘在 400 毫米等雨线上，是人类文明、人类经济文化活动发生、发育得最早最成熟的地区。公元前 500 年前后，从时间和空间两个维度上，这里就有了虚线式的东西方商贸联通。几乎同时，适应着社会生活的发展进步，在这条纬线上又诞生了一批元典思想家，出现了轴心时代。由气候、经济、文化三者天然形成的这条古丝路，是北半球胸脯上一条璀璨夺目的项链，人类文明最早的一个连横图式。这个连横图式构成了亚欧各国乃至古代世界发展大的历史社会纵深。古丝路让人类亲历了联系、联通、联合、联盟的必要，也亲感了其中蕴藏的巨大的发展潜力。

秦代徐福首开海上丝路，传播中华文明。直至今天，中华文明对东北亚的影响不但随处可见，而且在当地依然广受称道。明代郑和下西洋、下南洋，清代以降更有大批华工、华商、华侨由海路到达东南亚、印度洋和地中海沿岸，在欧洲和北非从事工商贸易活动，并且远渡太平洋，为独立战争之后美国的西部开发尤其是西部铁路大干线的建设，立下了不可磨灭的功勋。无数先行者以自己的智慧、辛劳、血汗甚至生命，在印度洋上构筑了一条以东海岛链为标志的、从东北亚到东南亚的各国合纵图式。这条海上丝路的合纵图式是与陆上丝路的连横图式并驾齐驱、双帆远航的经济社会发展图式。

无论合纵还是连横，实质都是发掘、发挥"联"和"合"的潜力。弱弱联合、强强联合、强弱联合可使弱者变强、强者更强，这种古典智慧，已经由一种思维方法积淀、蒸腾为世代相传的文化理念。

但我们不能忘记，这种传承是在对抗与合作两个轨道上进行的。如果说战国时代属于一种对抗性的合纵连横，近代八国联军也是一种联合，那是侵略性联盟。今年是反法西斯战争胜利 70 周年，一战的协约国、同盟国，二战的轴心国、反法西斯同盟，也是一种是对抗性的联合。我们提出"一带一路"，则是在合纵、连横双坐标上的和平合作。唯其如此，国家和世界的安全、安宁、发展、进步才可能双保险，地球才可能营造一个和平发展的良好环境。这是一种出自人类意识、全球意识的大格局、大智慧。

当然，要将这个良好的愿望转化为当今世界的现实，还需要漫长的过程，还会遭遇很多风险。仅拿"一带一路"的实施来说，我们在金融投资、实业建设和人才、科技输出中，就不能不注意政治安全、金融安全、法律安全、社会安全、科技安全，并且防范宗教信仰、民族习俗等文化差异造成的各种各样可能出现的风险。

第三个主题词："合抱"——"一带一路"战略还体现了中国古代合抱天下的太极理念，在变易中实现动态平衡的理念。

太极图以阴阳双鱼将世界一分为二，同时首尾合抱，合二为一，在不同中大同，在不同中大和。太乃极极，极为极限，太极有至于极限而无有相匹之意。南宋朱熹说"总天地万物之理，便是太极"，"总天地万物之理"也就是客观世界至高性、总体性的道理。

太极图式说是《易经》"太极"思想在儒、道两家结出的硕果。道家的太极图与外宇宙即乾坤同构；儒家的"中华神圣图"与内宇宙即心灵全息。太极思维是一种超越逻辑思维和形象思维之上的全息辩证思维，太与极两极之间包容无数层次和系统，却又浑然一体。太极图可以说是个全息图。

从本文前半部分的分析可以看出，"一带一路"战略便体现了这样一种总体性、全息性思维。它提倡在不断的运动和变易中认识并把握事物。我们如若将太极图稍稍做一点调整，一是双鱼由顺时针调整为逆时针方向，二是左右、东西方位调整为上下、南北方位，当下中国"一带一路"图式的雏形便以太极阴阳两仪的形态显现出来了。

一带——陆上丝路在北，是太极图中的阳鱼。东方亚洲的起点集中于黄河中游的长安—洛阳一线；西方欧洲的终点则撒播于北欧、中欧、南欧各国，如鹿特丹、罗马、威尼斯、雅典、伊斯坦布尔，形成辐射性的鱼形图象。一路——海上丝路在南，是太极图中的阴鱼。海上丝路，中国的出发点很多，在东南沿海的丹东、烟台、青岛、上海、杭州、泉州、厦门、汕头、广州、合浦呈弧形展开。但航向相对集中，大都驶向中国南海，通过马六甲海峡，经印度洋入红海，贯连亚洲各国，如鱼尾收束，直指地中海沿岸的南欧、北非各国，在上述列举的欧洲各大海港与陆上丝路连接。

这样便在空间上、气势上形成一种太极合抱之势。注意，合抱不是合围，而是要打破合围，让中国与世界在一个新的维度上和一个新的深度上，以和平、发展为主题，相互进入，联手共进。这是中国与世界的合抱，是中国与世界一次旷古罕有的、有实质又有温度的和平拥抱。

西风日渐

——丝绸之路的文化圈

帕米尔是亚欧大陆的天坛，丝绸之路的天坛。

大昆仑、大天山是亚洲大陆的脊梁，中国的脊梁。

青海湖是中国西部的明眸，青藏高原的明眸。

中国西部是什么？它就是丝绸之路的起点和 4000 多公里的中国段。

时间进入 21 世纪，西部的山湖草原，西部的父老乡亲，西部的社会发展，面临着一个崭新的历史机遇，这就是中央已经提出近20 年的"西部大开发"战略和新近提出来的"打造丝绸之路经济圈"战略。这两个战略使中国西部由后方变成了先锋，由腹地变成了前沿。

西部华丽转身，世界回眸观望西部。

西部振奋、激越起来，在新的开发浪潮中昂起了自己的头颅。

借"丝绸之路经济圈"打造经济社会实力，借"丝绸之路文化圈"打造文化影响力，成为西部的历史责任。

西部发展的主要力源，不在外部而在西部自身，在于西部本来就存在着的文化精神、文化人格，以及这些内动力与现时代的呼应迎合。

一

这是风行一时的"西北风"《西部摇滚》的歌词：

你和我踏入中国的西部，

茫茫的西部，

到处可见到硬汉子的脚步，

坚实的脚步。

历史走过了一个文明又一个文明，

西部留下了一代人又一代人的辛苦。

啊，西部！

硬汉子的脚步带我找到悲怆的长号，

热烈的鼓舞；

硬汉子的脚步带我找到高原的风采，

长城的风骨。

残酷的风沙天天吹打着古铜色的胸脯，

到处可见硬汉子的汗珠，

飞扬的金谷。

啊，西部！

1987、1988 年，这种西部风格的歌曲，伴之以西部风格的舞蹈和服装，几乎响遍全国。这就是文艺界冠之以"西北风"音乐的"西部潮"。与此同时，美术和摄影也刮起了类似的"西北风"热。在第六届全国美展中，陕西一位青年画家用现代观念处理的延安时期题材的作品《玫瑰色的回忆》荣获金奖，用现代装饰感改造的西部高原生活的作品《蒙古吉祥》荣获银奖。超乎悲喜激情之上的现代冷漠感，悄无声息地弥漫在这一届美展上。而这种冷漠感在选择可见的构图、色彩、线条时，在选择形象和意象时，是那么青睐西部、偏爱西部！这前后，全国第十六届摄影展览，又是一位陕西青年摄影家以三代农民对知识的渴望为题材，抓拍了一位农家孩子趴在磨盘上做作业的场面，命名为《希望》，获得金奖。

西部电影不必说了，获得国际、国内大奖之多，在中国电影史上罕见。尽管对它毁誉参半，但作为中国电影史上的一个重要现象，它还是存在下来了，而且将会在漫长的岁月中接受研究、经受校验。

　　西部文学更不必说了。中国西部已经形成了实力雄厚的作家群，其中的佼佼者，完全可以作为中国当代文学的代表作家，跻身于世界文学之林。西部文学在新时期文学的各个主要方面，都留下了自己深深的足迹。比起西部经济在全国的序号来，西部文化在全国格局中的位置是更显赫、更重要一些的。

　　更不应该忘记新时期文学发轫时的一些耐人寻味的史实：现代文艺思潮与技巧的尝试，竟然有不少是从"第三世界"的西部开始的。有几年，南美作家马尔克斯的《百年孤独》，因其亦真亦幻的所谓魔幻现实主义的手法成功地反映了现代人眼中的那块闭塞落后而又古朴淳清的地方而大为风行。最早引进这种现代魔幻艺术意识的中国作家你道是谁人？是当时还在西部、写西部的西藏作家，他叫马原。

　　总起看来，文艺的西部潮不论表现形态多么丰富，内里总埋伏着两个坐标——西部的与现代的坐标。西部生活和西部文化对现代意识、现代艺术是如此敏感，而现代艺术家对西部又是如此亲昵。那些西部味很强的作家、艺术家竟然大都是现代味很强的作家、艺术家，那些西部意识很强的作品，恰恰同时是现代意识很强的作品。

　　文艺是深层文化的风向标。这一切告诉我们，在无际的地平线上，西部和现代紧紧地拥抱了。萧索而落寞的西部，变得那么热烈、灿烂。

那么，西部潮与现代潮深层的感应大致表现在哪些方面呢？

表现在：

西部文化内在构成的多维向心交汇和世界新大陆文化多维离心交汇的感应，西部历史文化的动态多维组合和当代世界文化的综合发展趋势的感应；

西部人多族杂居状态和现代人跨社区生活状态的感应，西部人因杂居带来的心态杂音和现代人文化心理的杂色的感应；

西部人在村社与部族自然经济基础上的流动生存状态以及反映着这一生存状态的动态生存观，和现代人在现代宏观商品经济基础上的流动生存状态以及反映着这一生存状态的动态生存观的感应；

西部随处可见的前文化自然景观、人文景观、心灵景观，和现代某种超越文化、排拒文化的社会情绪、社会心理、社会思潮的感应；

西部人原始生存和艰难发展的悲怆感、忧患感和现代人超高速发展的焦虑感、忧患感的感应；

西部人由于空间疏离造成的孤独、人在自然包围中的孤独，和现代人由于心灵疏离造成的孤独、人在"物化人"包围中的孤独的感应；

西部人文山川的阳刚之气与它的人格化，和现代竞争社会所要求的强者精神与它的人格化的感应。

二

西部文化内在构成的多维向心交汇和世界新大陆文化多维离心交汇相感应，西部历史文化的动态多维组合和当代世界文化的综合发展趋势相感应。

欧亚大陆从地形上看，像一张四轮葡萄叶。在四个叶端，分别是地中海地区、波斯地区、印度地区和中国东亚地区，由于靠近海洋，文化经济发展较早。在古代形成了世界四大古文化地区。而葡萄叶的叶掌，则是以帕米尔山结为核心的大高原、大雪山、大戈壁，缺乏生存条件，不但本地文化经济长期处于落后、封闭状态，而且隔离、阻塞了四大古文化区的必要交流。这种阻塞当然不是好事，但隔离机制又有助于四大文化在独自发展中形成自己的个性，而最后必然带来它们向中亚（即中国西部）文化低谷地区的汇流，使这里形成多维文化交汇的结构。因为这是由欧亚大陆的边缘向中心地区的文化汇流，我们称之为多维文化的向心交汇。

这种向心交汇，使中国西部形成四圈四线的交汇型的文化地图。四圈，即新疆文化圈、青藏文化圈（即大昆仑文化圈）、蒙宁文化圈、陕甘文化圈。这四圈鲜明地反映着地中海文化、波斯文化、印度文化、蒙古文化和中国中原文化在西部地区不同成分和不同程度的组合交融。四线，即将这四圈文化和世界四大文化联成网络的丝绸之路、唐蕃古道、草原之路（秦直道）、南方丝绸之路（茶马古道、茶盐古道）。

但是，在世界文化格局中，同时还有另一种文化交汇现象。这就是世界四大古文化在美洲、澳洲和非洲部分地区和那些地区的本体文化发生交汇、融合。这种交汇不是内向的聚汇，而是外向的辐射型交汇，我们称之为多维文化的离心交汇。离心交汇在漫长的时间里孕育的美、澳、非新大陆文化，在许多方面特别是深层结构方面，和中亚文化、中国西部文化有相似之处。尽管两者是在不同时空中发现的，发展的程度有很大的差异和差距，但内在的同构却使它们在这里那里产生自觉的呼应和不自觉的感应。

美、澳地区属于新开发的大陆，已经发挥了多维文化交汇的优势，成为世界发达地区。中国西部如何发掘、认识、发挥多维文化交汇的优势，改变自己的落后面貌，不仅在文化内在结构上和现代文明相感应，而且在精神、物质成果上和现代文明相辉映呢？这个任务摆在了我们面前。这是文化结构上西部和现代的感应。

多维交汇型的西部文化还和现代文明（也包括现代思维）综合

发展的总趋势相感应。交汇是自发的综合，综合是自觉的交汇。

人类各民族文化的发展，大致可以归纳为这样三个阶段：古代的隔离发展，近现代的选择发展，当代的综合发展。

由于自然的（如地理与语言的阻隔）、社会的（社会结构、生产水平、国家制度的差异）、心理的（神话、歌谣、传统图腾的自成体系）原因，各民族、各社区的文化艺术为了维系自身的发展，必须在内部形成一套自我延续的机制。它是文化类型形成并具有独立性、文化区域划分并形成自我循环的先决条件。各种传统，没有这种隔离发展阶段，是不可能形成的。

但是，隔离同时在集聚着、激活着交流的要求。交流则又破坏着隔离。这是内中的辩证法。当近现代的历史进步打破文化发展的隔离机制之后，失去了时空限制的各民族、各社区文化，被推到同一条历史进步的起跑线上比试，人类文明便进入了选择发展的阶段，亦即竞争的发展阶段。这个阶段的特征是：第一，普遍的共振性，某一地区、某一民族的某种文化思潮或文明成果，常常超越地区、民族的范围，引起普遍的回响和流布；第二，竞争淘汰性，以对世界历史进程的适应和促进为标准，在竞争中淘汰不适应者，发展适应者；第三，冲突演进性，不是稳态平衡发展，而是在民族意识（社区意识）和世界意识这两个基本因素的冲突中，在矛盾统一的辩证过程中，使文明得到发展。人类文化的选择发展阶段，反映了商品社会的不平衡进程，带有自由竞争和高度垄断的社会达尔文主义的盲目性和残酷性。在这个阶段，文化的发展较少考虑人的心理平衡要求，而较多考虑商业性和实用性；较少连续性和平衡性，而较多断裂和偏激。

第二次世界大战以来，特别是 20 世纪 70 年代以来，综合发展的文化进程方式逐步在世界兴起。它克服了选择发展阶段的片面性，即在竞争和淘汰中常常忽视吸收、融汇对方的优长和精华，而且重视综合当代在世界文明各个领域提出的问题，积极主动反映这些问题的共同趋势和发展可能，重视各民族、各社区文化中于今天时代仍有生命力的因素。同时，在文明发展中既重物又重人，既重客观又重主观，既重历史又重审美。它不仅从时间的角度，而且从空间的角度来把握世界。从时间观念向空间观念的转化，就是从一维到多维的转化，就是从否定性的淘汰发展提升为综合性的认同发展。所有这些都表明，当人类文明进入综合发展阶段时，类似于中国西部这种多维交汇型文化结构有着多少优势、多少潜能。

在发展中国家，在文明后进地区，例如中国西部，文化进步的综合过程，就是前面谈到的以西部和现代两个坐标来建设、发展文明的过程。它表现为：现代人寻根，"物化人"寻魂，世界意识寻找民族土壤为依托，民族意识寻找世界格局来展开。高度物质文明不仅带来了异化，也带来了文化艺术的异化。为了人的全面发展，不能不着手解决物质文明与精神文明的矛盾，不能不把历史主义与伦理主义、世界意识与民族意识结合起来。愈来愈多的人感觉到，世界进入信息时代、科学时代，每一局部地区的政治、经济、文化变动都可能具有全局意义。世界一体化程度大大增加，世界在文化心理上正在变小，地球在现代科技面前是可以玩弄于股掌之中的星体。这种自觉的世界意识的普及，必然会从新的深度上唤醒民族意识。因为世界文化综合发展，扩大认同的同时，突然感到一种失去个性的空虚。这就为在文化道德和审美感受方面，挖掘和恢复各民族产生于前资本主义社会形态基础上的传统提出了心理补偿要求，力图不以失去民族本位为代价来认同世界现代化进程。于是各国各地寻根热迭起。中国西部既是世界几大文化交汇之处，又是中华民族根之所在，现代寻根热不能不纷纷选择这块土地来做精神漫游。

从古代开始形成的中国西部文化的多维向心交汇，就这样和美澳发达地区的多维离心交汇文化产生了深层感应，就这样为现代文化的综合发展和现代思维的综合趋势提供了良好的文化底色，就这样在一个新的历史环境、一个新的文化背景、一个新的思维高度上，显示出自己的优势来。

三

西部人多族杂居状态和现代人跨社区生活状态相感应，西部人因杂居带来的心态杂音和现代人文化心理的杂色的感应。

在过去的专著和论文中，我曾对西部人多族杂居的情况、杂居对西部人心理的影响以及文艺作品对这些特点的反映做过分析介绍。中国的少数民族绝大部分在中国西部，西部是少数民族的故乡。西部少数民族的分布和居住，大约有四种情况。

第一种是相对集中于一个地区，且人数较多、地域较大，基本形成了纯一的民族社区经济和文化，而且集体定居，形成村落。如新疆维吾尔族和宁夏回族，他们长期生活在纯一的、稳定的社区中，心灵中的杂音较少。

第二种情况，虽然相对集中，但以游牧为主，居无定所，且一族之内分支部落极多，如蒙古族、藏族、哈萨克族，流动性较大，虽然一般不超出民族大圈子，但在各部落、派系之间流动则是常事，容纳不同生活习俗、生活方式和价值标准要多一些，适应性也需要更强。

第三种情况是几个较大民族交界地区的杂居状态，或许多小民族杂居的状态。如在青海海北和甘肃甘南的祁连山腹地这个广大地区的交接处，是青藏、新疆、蒙宁、陕甘四圈多民族文化交汇的旋涡。自古以来民族杂居，你中有我，我中有你，而且经过通婚、信仰、习俗的长期变异，产生了许多新的小民族，如东乡族、裕固族、保安族、土族和部分撒拉族。他们和汉、藏、蒙、哈萨克各族杂居于此，有差别有统一，有隔离有交流，有冲突有合作，四面交通，八方往来，在心态、情感和文化心理上，呈多维交汇的杂色杂音。

第四种情况是已经离开土地和牧场，并且从本民族、本部落的机体上分离出来，进入城镇特定生活社区，从事工商、行政或各类脑力劳动工作的少数民族。他们连本民族完整的小社区也没有了，以单个的个体和家庭进入了五方杂处的城市居民组织。他们不但要面临多民族杂居的现实，还要承受由牧区、农村到城市，由部落、村社文化到城市文化的形形色色的喜怒哀乐和价值杂交、价值转移。作为杂色的心态，这一部分人的内心世界就更为丰富了。

其实居住杂化和心态杂色，也是一种多维文化交汇。人是文化的带电体，杂居就是不同带电体、不同心理场、文化场的靠近和交叠。杂居虽然主要表现为无意识和潜意识文化的交汇，却又总是进一步进行有意识文化，甚至意识形态文化交汇的心理基础。当然，杂色心态首先是长时期多维文化交汇的心理沉积。

无须说，杂居状态和杂居心态使西部人的文化容受能力、智慧杂交能力、视角转换能力都较强。你从杂居地区的民族能很快掌握多种语言，从他们能较快适应新的环境，并且建立新的人际关系等方面，可以确定无疑地感受到这一点。这是西部人的一个优势，只是这种优势还处于自发状态，有待于在一体化的、多维的现代文化结构中得到充分的发挥和科学的提高。

跨社区生活已经愈来愈成为现代社会的一种常见现象。这是现代商品经济所要求的交换决定的。交换市场不受社区限制，商品无国界。这不但使得直接从事商品交换的这一部分人，不能不超越原有社区的限制，随着市场的扩大，走向更阔大的社会，走向世界；而且使得在商品经济基础上从事其他相关职业，包括庞大的上层建筑中的人员，不能不将自己的眼光和心灵面对着一体化的世界；同时也使得那些自身并没有流动或很少流动的人，不得不卷进这个日益复杂的世界，因为流动的世界、流动的人群来到了他们的面前，商品和商品经济相关的活动将每一个使用商品的人裹挟进自己激越动荡的湍流。从某种意义上说，现代人既在自己居住的小社区中生活，被亲缘、地缘、业缘等等的关系固定着，又是地球村这个大社区的一个居民，被国际大循环的全球一体化经济流通所固定着。复杂的世界将自己全部的复杂性在人的心里留下影像，人也就不能不在自己心里预备一面能够照出这复杂性的镜子，变得有能力应对这复杂的世界了。

所有这些，既是现代社会对人的要求的提高，也是人自身素质的提高。"社会变得复杂了，人变得复杂了"，这两句街头巷尾常常能够听见的慨叹，实在真切地反映了现代生活的总体走向。它可能会带来这样那样的问题，例如对价值观念某些具有进步意义的变化看不惯、骂娘，但总体上，人的复杂化、社会的复杂化是人的更大解放、社会的更大进步的标志，它符合人类对社会的终极要求和对自身的终极关怀。

四

西部人在村社与部族自然经济基础上的流动生存状态以及反映着这一生存状态的动态生存观，和现代人在现代宏观商品经济基础上的流动生存状态以及反映着这一生存状态的动态生存观的感应。

中国西部和中国中东部，生存状态并不完全一样。如果说中国的中原地区主要是农业文化，显得相对静止；中国西部则主要是游牧文化，生存方式以动为主，生命中有充盈的动态活力。

农业文化区基本的生存状态是"守土为业"。因为人们要世世代代在这片固定不动的土地上劳作，才能生存繁衍，所以守土的能力成为人生存能力最主要的标志。守为高、守为上，反映到意识上，便是静为善、静为美。守土为业就能平安度过一生，甚至发家致富，荫庇子孙。动穷动穷，动则穷；动乱动乱，动则乱。爱倒腾的人，是根基不厚的人或无根的人。商事是流动的事业，因而无商不奸，因商致富必须以名望做交换，付出道德代价。"三十亩地一头牛，老婆娃娃热炕头"，才是农业文化区理想的人生境界。土地房屋是什么呢？是"不动产"，是将一个人焊接在一个地方不能动弹的人生基座。在这个基座上建立起一套价值观念和生活习俗。"热土难离，穷家难舍。""金窝银窝不如自家的穷窝。""在家样样好，出门事事难。""父母在，不远游。"走得再远，年三十必须赶回家团圆，"团圆"就是一种封闭的静态的人生聚会。伤别，成为中国古代诗歌一个永恒的题材。在农业文化区的人看来，离土、离乡，这个"离"字（也就是动字）总包含着某种风险、某种不祥。离别与伤感总是同在。

进入中国西部，情况便有了很大的不同。中国西部社区的人口构成，除了汉族地区的世袭农民外，主要有六个群体：一是生活在广大地区的游牧民族群体，如维、哈、蒙等少数民族；二是在新开垦的处女地和新开发的工矿区中生活的集团性移民群体，如几百万生产建设兵团和石油、地矿工人；三是军队和军事科研基地的流动生活群体，用所谓"铁打的营盘流水的兵"形容他们是很贴切的；四是历代失意的官僚和落魄的文人及他们后裔组成的流放者群体，如清代的林则徐、纪晓岚，现代的艾青、王蒙、张贤亮，这是西部的知识分子阶层；五是由失去土地的农民构成的个体的、盲目流动的移民，俗称"盲流"的那一类人；六是在精神上不堪现代生活的困窘而来西部寻根，寻找失去了的精神传统、寻找真性真情的自然、寻找文化补偿的心灵行旅者群体，如作家张承志、马原、张曼菱等等。

这里，不论是游牧之"游"、移民之"移"、流动之"流"、盲流之"流"、行旅之"行"，都确凿无误地包含着一个"动"字。流动的生存状态，动态的生存观，是中国西部除世袭农民而外的这六种人口群体共同的特征。他们的生存方式不再是"守土为业"，而是"移畜就草""移人就业"。在这里，一切价值标准都和"动"字有关。动为贵，动为上，动者为尊。冬天来临之前，哪一位哈萨克的小伙子能够动得最快，最快地拆掉帐房，最快地将整个牧群撤离夏草场、赶往冬草场，又最快地在新草场上重新拉起自己的帐房，便会受到大家的夸奖、姑娘们的青睐。因为"动"的能力，意味着生存能力、生存智慧。也因此，在草原上和在土地上有着完全不同的习惯，当姑娘待嫁时，不是去打听男方有多少"不动产"，即土地、房舍和存粮，而是在赛马、叼羊中考验男方有多大的"动"的能耐。永远在马背上运动的小伙子，才是姑娘们可以信赖和依托的后生。西部人在人生的道路上，都经历过或必将经历两次或多次生活的选择，适应或必将适应两次或多次生活的转弯。命运把他们从原有的生活环境和人际关系、社区结构中剥离出来（这种剥离有时是那么惊心动魄，那么苦痛和酷烈），放到一个新的生活环境和人际关系、社区结构中去，强迫他们在新的起跑线上从零开始竞争。然后，极可能又剥离一次，又选择一次，又竞争一次。流动生存状态和动态生存观就这样锻打了西部人的适应能力、选择能力、竞争能力，就这样焕发出埋藏在他们心中的奥林匹克精神，就这样用人生的雪暴、用精神的沙暴、用感情的风暴，在西部人的心灵上搓磨出厚茧，使他们变得格外的刚强起来。

再来看看现代社会和现代人的生存状态和生存观念。好像是巧合，美国未来学研究者提出了在现代社会萌生、在未来社会成形的"新的游牧民族"的概念，而且在《未来的震荡》一书的第二部第五章，列专章对这个问题做了详尽的评述。这一章的题目就叫《四海为家：新的游牧民族》。他为我们描绘了这样一群跨世界游动的人群，在汽车、飞机、网络上开创事业的生存方式。

空间距离随着社会的发展而日益缩短。人生和一个固定地方的联系则日益短暂而脆弱。对现代人，特别是对未来人来说，流动、旅行、迁徙，已经成为第二天性。现在一个美国人一生旅行的里程，大致相当于 70 年前一个美国人一生旅行里程的三四百倍。最近 25 年中，美国国内旅行平均里程增长速度比人口增长速度快六倍。法国每年有 8%~10%的人迁居。在美国商用汽车公司的董事们中间流传着一个笑话，说他们公司的缩写"IBM"这三个字母表示的意思就是"我们一直在迁居"。西方学术界和舆论界早已提出"企事业团体的吉普赛人""整个欧洲正经历着一场国际性大迁徙浪潮""现代社会正在进行一次庞大的人口交流"这样一些观点。

阿尔文·托夫勒由此提出他的论点："我们亲身经历了这样一个过程，即对人类生活来说，一块土地已经大大降低了它的重大意义。我们正在培育着一个新的游牧民族，他们移居迁徙的规模大，地域广泛，意义深。"他认为，经济愈发达的国家、文化知识愈高的层次，这个游牧民族的雏形就越清晰。

对土地文化区的人来说，"家"是什么？是房舍，是牢固地扎根于土地上的多面体生存空间。在"家"里，也就是指在"房子"里。对游牧文化区的人来说，"家"是什么？是帐房，是可以随时搬动的、游走的多面体生存空间。是马背，是可以驰骋于大地之上的生存状态。在"家"里，也就是指在马背上。对现代一体化经济结构和社区组织的人来说，"家"又是什么？是汽车、飞机，是游动于甚至游离于土地之上的多面体生存空间。在"家"里，对这些人来说，主要是在"路"上。因此现代人的那种"家"的感情，已经不是地缘和亲缘之情，而是业缘（事业）和情缘（感情）。

这样，我们便切实地感觉到了西部在动态生存观方面和现代的感应。无须说明的是，这两种动态生存观是处于社会经济文化的不同阶段的产物，它们是有很多不一样的。比如，西部的迁徙流动现在主要还是为了维持简单的再生产和低水平的生存条件，现代的迁徙流动则是为了实现宏观经济的大循环，满足人类生存较高的物质和精神需要。又比如，西部的流动，常常是群体的流动，是原有小社区（如部落）的整体搬迁。这种小社区的整体流动，人并不能从原有的社区生活组织、人际关系和文化圈层中分离出来，它总是维持着原有的生活结构心理和氛围，带有相当的封闭色彩，甚至是对原有文化土壤团粒结构的一次破坏。中国西部群体的社区的流动，能够保持对民族的、地域的认同感和忠实感。在现代西方的流动中，这一切都被冲毁了，只有对公司、对协会、对职业的忠诚，亦即对事业和利益的忠诚，而没有了对地缘、亲缘的归属感，也没有依靠伦理维系的长存的友谊。人生常常因此而使人感到冷酷。这促使现代西方社会伦理观发生质的变化，由亲缘、地缘伦理体系（即家国同构的政治伦理体系）向业缘、情缘伦理体系（即家国分离的经济伦理体系）转化，由和谐为本的伦理观向竞争为本的伦理观转化。这又是中国西部动态生存意识向现代转化时不能不预先考虑到的。

尽管两种动态生存不可同日而语，我们仍然要着重指出二者在文化心理的深层结构上的相似。这种相似使二者有可能隔过几个历史阶段相认同、相呼应。这便是西部动态生存观在现代的积极意义。具体说，有这么几点：第一，动态生存意识有助于西部人解决原有的生活难题，促进他们去寻找新的生活条件和人生前景；第二，动态生存意识相对地有利于维护选择人生的自由和思考人生的自由；第三，动态生存意识一代一代锻炼了西部人的生存能力，并且在漫长的岁月中积淀为一种文化心理遗传基因，有利于西部人适应现代商品生产社会的各种人格要求，如角色意识、应变能力、心理能力以及精准的机制。

五

西部随处可见的前文化自然景观、人文景观、心灵景观，和现代某种超越文化、排拒文化的社会情绪、社会心理、社会思潮的感应。

需要首先说明一下的是，"前文化"这个概念含义很多，我在这里主要是指前社会文化，特别是前现代文化。不可引起混乱。

现代社会，是科学的理性社会。社会的现代化过程，在某种意义上就是社会的科学化过程、理性化过程。总体上看，也就是社会的文化化过程。但是，现代社会愈理性化（科学也是一种理性），人愈理性化，潜藏在人的自然本体中的非理性化欲求就愈受压抑，就愈容易反激出宣泄的需要来。这也许是一些大科学家、大哲学家、大文豪晚年笃信宗教的一个潜在的原因，甚至也许是他们中间的一些人，在人的非理性要求受到过度压抑时，终于失衡，得了精神病，甚至自杀的一个潜在的原因。

现代社会又是走向有序化和一体化的社会。覆盖全球的宏观经济循环为社会一体化建立了基础框架。科学技术超地域超国界的全球性传播加速了一体化。思想、政治观点汇成流派、汇成体系，又用党派、政权、制度、阵营凝结为全球性的格局，也使一体化得到强固。信息社会的现代交通、通讯、传播和全球性的电子计算机网络，不但使时空在整个世界几乎同步，而且空前地统一了思想、舆论、兴趣。世界愈是一体化，人类愈思念个性化，向往个体性，希望个体思维在沉重的压抑下解脱出来。生活愈变得有序，人就愈眷恋无序，眷恋童年的天真和初民的耿直。

而人类又是怎样在自己辛勤创造的文化中被弱化啊！文弱、文弱，这个中国词组合得何等科学。人类创造了文化，每一项文化成果都极大地扩展、延伸了人类认识世界、改造世界的能力，也提高了人类消费世界、享用世界的水平。但每一项文化成果又反过来削弱了人体。人类在文化化的进程中，愈来愈成为科技的人、理性的人，成为政治动物、经济动物。自然母亲给予我们的真性真情真力，在一天天削弱、退化。汽车、飞机使人日行千里却再也难以承担烈日下的体力劳动，电视、网络使人能够看到整个世界甚至天宇，却使你对目力所及的眼前事物没有了反应。当人类由生到死都被包裹在这层密不透风的文化膜、科学膜之中，当你只能通过文化膜间接地、半透明地感知世界，而不能用自己的眼、耳、鼻、舌、身、心直接地触摸、尝味这个世界时，那长期受欺凌、受歧视的自然本性怎么能不愤怒、不咆哮、不反抗呢？当现代社会的文明将人类弱化得再也不能产生原本意义上的鲁滨孙和斗牛士时，人类又怎么能不急切地呼唤奥林匹克精神呢？

现代社会开始露头的某种超越文化、排拒文化的情绪、心理和思潮，就其积极意义来说，是人类撕破文化膜到前文化的、大自然的天地中所做的一种健身呼吸，是人类对正在蔓延的文化病的一种心理治疗。当然，这种情绪、心理特别是思潮，也有消极意义。如果由超越文化发展到憎恶、反抗文化，而且形成思潮、形成理论，那就错误了。

突破文化膜对人的弱化，一般有两个渠道。一是实践感受、实践强化的渠道，这就是近年来兴起的文化寻根型和回归自然型旅游。这两种类型的旅游已经形成热潮，大有超过城市消费型和文物考察型旅游的势头。再一个就是模拟感受、模拟强化的渠道，这就是近年来文艺创作兴起的文化寻根热和"人与自然"热。无论是对大自然和前文化状态的实践感受还是模拟感受，都不约而同地将关注点转向了中国西部。因为中国西部是前文化生态和心态最丰富的地方。这是它拥有的一笔得天独厚的文化资源。

西部的自然风光中，没有或较少有文化膜的附着物和散落物。西部的雪山、草地、河源、湖泊，就其实际的存在来说大都是纯自然的，没有社会实践活动的改造，是造化的赐予，是天籁的秘响，有着特殊的真切感和纯净感。当你面对这地老天荒、完全超脱于人世社会的景观时，一种历史的、哲学的、人生的、生命的沉思和感慨便不由生出。这些阅尽人间春秋的高山大河似乎在以沉默为语言，告诉你：人世喧嚣处的生命是具体的、琐屑的、忙碌而不知何以忙碌的、形而下的。而这里，西部，则有在无边无际的宏阔的时空中循环的大生命、真生命、形而上的生命。这里是沉默的，却可以思接千载、神通万里，因之十分喧闹。为生命所累、为生命所苦的现代人，希望能在应当喧闹的地方求得沉默，例如在闹市的人群中。而在应当沉默的地方，却神往于精神上的喧闹，例如在大自然中。

西部社会风习中的前文化因素，对现代社会心理是一种平衡。物质生产与精神生产是不平衡的，是在矛盾、冲突、差别、离异中求得大统一的。自然经济、村社和部族文化从历史的角度来看是落后的，从伦理的角度来看却很复杂，有落后、保守的一面，也有淳厚朴实、重义轻利的一面。后者在调节、润滑社会的运转上，有着积极意义。特别是在非意识形态领域，在民风民习中包含的那种朴素的、原生态的人伦哲学、群体认同、天人合一、崇尚天然和综合的、整体的把握世界的致思方式，对于现代社会商品交换对人心的侵袭，对于实用主义、个体自足、天人对立和过分实证的、精确的、微观的把握世界的致思方式，是一种平衡和补偿。

西部非文字表述体系的文化较为发达，对文字符号给予现代社会的笼罩和现代人的制约，也是一种平衡、补偿。西部初期的文化财富和其后的许多文化传统，都是采用民间口头纵向传递的形态保存、延续下来，如各民族的创世神话和英雄史诗，便是通过阿肯弹唱等等民间口头说唱一代一代流传下来。它和通过现代印刷术的大面积横向传播有很大不同。它不是通过文字符号的翻译来传播的（这种翻译而且是二度的，即记录、整理、创作时的一度翻译和欣赏、接受时的二度翻译），因而较少受符号表述时的局限的制约。其实每一次翻译，都是一次失真。它也不是通过现代印刷进行的横向的大面积的同步传播，可以在相当程度上避免同步覆盖所导致的个性消失和整体文化的共性侵蚀，更多地保留原生的生活画面和情趣。

此外，西部的非语言表述体系也较为发达，大量的文化财富和生活的、心理的经验，既通过语言（又分文字和传说、弹唱），又通过音响（如歌舞）和自娱（如民俗）性的表述系统，集中起来，传播开去，留存于后世。西部更深更广地和自然的交流，社区疏离所造成的处理复杂政治关系和人际关系的钝拙，使得语言使用的深度和广度受到限制。他们常常通过非语言表述的歌声、舞姿、婚丧嫁娶和祭祀的礼仪来表达自己的喜怒哀乐，交流感情，协调社区精神。非语言、非文字表述，相对于精确、丰富的现代语言文字文化来说，当然显得粗糙、简陋，却也有某种优越性。这种表述方式的轻符号、重感觉，轻形式、重意会，轻微观内容、重总体情绪，以及它的现场交流和自娱参与特色，应该说都是值得日益发展到精致程度的现代文艺参考的——而且也正好与现代文学艺术许多新探索暗合。这正表明了两者之间的感应。

应该承认，以上粗略涉及的这一切，表明了西部人心中的非文化自我（非现代文化自我）因子较多，人的自然本性、人的传统本性（即前现代文化本性）保存较好。这对被过量物质文明压抑着的、相当程度上物化了的现代人，是一种人性的召回、一种生命的复生。不是要现代人回到前文化状态中去，而是要现代人在保存、发展已有的文化智能的基础上，同时恢复、发展正在退化的非文化智能，恢复、发展我们和宇宙以多种语言甚至沉默来对话的能力，这是主体和客体在无边的领域里感应、默契和呢喃的能力，这种能力的重新发现和在新境界中的发展，将是人在未来社会全面发展的一个重要表征。

在现代潮从反文化情绪出发感应西部的过程中，我们应该注意以西部生活、西部精神、西部历史进程的全部真实为土壤，避免从先验的想当然出发，随心所欲肢解西部；应该注意将特定的西部现象，放到特定的历史进程中做历史的、辩证的分析理解，避免将西部变成一个抽象的、凝固不变的、遥远而又古朴的神话，来被动地和现代对应；应该特别关注西部文化在内在结构上和现代的沟通，把握西部生活的内在精神，把握这种内在精神积极、进取的一面，反映出西部如何主要以自己的"优根"、优势和现代精神相感应；还应该特别注意反映在现代化进程中，西部精神和文化心理的积极能动作用；……这一切，都要求我们的作者和学者根除自身在看待西部时任何一点优越感、任何一点贵族式的倨傲不恭，否则，必然要在自己的创作和写作中流露出来，而不为西部人民所接受。

六

　　西部人原始生存和艰难发展的悲怆感、忧患感和现代人超高速发展的焦虑感、忧患感的感应。

　　在我们民族的审美心理中，西部总是和悲壮、悲怆、悲悯等等意象和情绪联结在一起，和悲剧感联结在一起。近代的德国美学家J·伏尔盖特在《论悲剧的美学》中，指出构成悲剧的三要素：一是强烈的、异乎寻常的苦难（包括身体和精神两方面）；二是人性的伟大，即内在精神气质上的崇高和类崇高；三是比较典型的有代表性的悲剧命运。这三个要素在西部中国的自然景观和历史、现实生活中都有丰富的蕴藏。

　　从西部的生存环境看，有两种主要的自然意象构成西部悲剧气质的原型。

　　一是落日。太阳是光照、温暖、繁荣、欢愉的象征。红日西沉，接踵而来的就是黑暗、阴冷、凋零、悲凉。黑暗使人孤独无助，夜色使人忧郁顿生。日落西山的悲剧效应已经成为人类共有的文化心理。当妈妈对怀抱中哭闹的孩子说"再闹，晚上把你放在门外"，连不谙事理的幼童也明白这意味着什么。

一是西风。西风日渐，接踵而来的就是萧索的秋天和冷峻的冬季。春的生机和夏的繁盛一一成了过眼云烟，百草衰败，百虫蛰伏。无色无姿无声的秋冬，使人的心境像大地那样一片寂寥。消沉的人更其消沉，为万物难逃的劫难而悲哀；超脱的人更其超脱，为枯荣盛衰的梦幻而悲悯；积极的人准备着更严酷的搏斗，心头弥漫着悲壮。文人雅士的笔下，"碧云天，黄叶地"，"西风紧，北雁南飞"，"快倚西风作三弄。短狐悲，瘦猿愁，啼破家"等等愁肠百结的诗句便纷至沓来。

自然之夜在日落西山中来临，与人生之夜产生感应；自然之冬在西风渐紧中来临，与人生之冬产生感应。这是天人异质同构在西部产生的生命共感现象，它构成了西部悲剧感的一个重要源头。

从西部人的精神气质和人生命运看，也有两种人物形象构成了西部悲剧气质的原型。

一个是"扶伏民"，这是悲哀者的原型。《太平御览》四夷部十八·西戎六"扶伏"条记载，轩辕黄帝的臣子茄丰曾被流放到玉门关以西的地方，也许这是中国历史传说中第一个西部流亡者。据说他是怀着强烈的原罪感躬身西行的，因此他的后裔便被称为"扶伏民"。也许茄丰血缘上的后裔，现在已经找不到了，但是他精神上、心理上的后裔，在漫漫的历史长廊里躬身西行的政治流亡者、精神流亡者、生活流亡者，以及他虐型和自虐型的流亡者行列中，我们见得太多了。这个匍匐于西部地平线的"扶伏民"形象，透露出了西部人悲剧型文化心理的一个重要方面。

一个是"夸父"，这是悲壮者的原型。这个和"扶伏民"精神状态完全不同的传说中的英雄，也是在奔向西部的壮烈历程中完成自己的形象的。夸父雄心勃勃，要和"坐地日行八万里，巡天遥看一千河"的太阳神做一次马拉松式的竞赛，他要追上太阳，拉住它，不让它掉到地平线下面去，让西部、让世界永远光明和温暖，永远没有悲剧。他赤脚朝着西部疾行，终因饥渴而毙命。当这位英雄轰然倒下时，仍然壮心不已，抛出手杖化作一片桃林，给光裸的大地以绿荫、以果实。这是西部精神悲壮的原型，其中掺和着对社会发展、对人类生存强烈的忧患感和责任感。夸父是否有后，已经无从考察，我们却从千千万万开拓西部的先行者身上，看到了他的遗传基因。最早西巡的周穆王，出使西域的张骞、班超、朱士行、法显、玄奘、王玄策，和西部各民族联姻的解忧公主、弘化公主、文成公主，贬谪西部、屯垦西部的林则徐、左宗棠，以及从西汉开始一直到 20 世纪社会主义时期遍布西部各省的几百万生产建设兵团和石油、地矿、冶金、科技大军，所有这些历朝历代的西部开发者，这些要让阳光永驻西部的人，都是夸父的子孙。这是一个远比"扶伏民"壮大的英雄家族。他们尽管不都像夸父那样悲壮地结束生命，但他们艰苦拼搏的业绩、无私奉献的精神和追求光明理想的执着意志，无一不像夸父那样豪强悲壮，充满了历史责任感。

可以说，中国西部悲剧精神的积极因素和消极因素，都蕴藏在这两个原型中了。夸父和扶伏民，是我们理解西部悲剧感和忧患感的两把钥匙。

在抒情文学中，西部的悲剧美大约可以归纳为三种表现：

离合悲剧模式，主要反映中国主流文化中的和合精神核心与中国西部游动生存状态和动态生存观的冲突，表现为离别情绪、离愁别恨的抒发和咏叹。从古到今中国西部诗歌中大量的伤别诗、乡愁诗、闺怨诗都不同程度地感应着这种分合悲剧。具体地看，这些诗虽然写思亲友、思征夫、思故乡之悲苦，但从整体上把握，却反映了和合精神和动态人生冲突的悲苦。为家（尽孝），需要静；为国（尽忠），需要离家赴任或别亲从戎。真是自古忠孝不能两全。按家庭伦理的标准，需要在家侍奉长者，携妻将雏，这是静；按社会伦理的标准，需要别家远行，介入社会，从事社会的政治、经济、文化活动，这是动。历史评价和伦理评价总处于矛盾之中，也是自古难于两全。进一步，从静态的家中出去了的，便有思乡之愁，家里也有思游子、征夫之愁；终于没有从家中走出去的，又有人生无法实现的悲苦，向往比家更高的人生境界而不可得的悲苦，于是吟唱出多少感天动地的诗句："可怜无定河边骨，犹是春闺梦里人。""感时花溅泪，恨别鸟惊心。""但见沙场死，谁怜塞上孤？""羌胡无尽头，征战几时归。"……于是创造出多少蕴寓着分合的诗歌意象群：离异意向群——牛郎织女；团圆意象群——月亮、鹊桥；距离意象群——流水落花、高山远水；接连意象群——鱼、雁传书……

兴亡悲剧模式。如果说命运悲剧主要表现为"离、合"二字，那么历史悲剧则主要表现为"兴、亡"二字。"兴、亡"更替是历史循环的必然，一切兴盛和衰亡都以对方为前提、为代价，都蕴含着悲剧。西部各民族创业史诗和古歌，如《福乐智慧》《十二木卡姆》《格萨尔王传》等，都从一个宏阔的时空中记叙和感叹了历史的兴亡。汉族著名写西部征战的抒情散文《吊古战场文》，拉开时空距离，从战后的视点、后人的思考中写战场，表现出深长的历史兴亡的悲怆，将一个已经悄无声息的古战场写得何等惊心动魄！

枯荣悲剧模式。这主要是自然界的枯荣变换、盛衰更替在人们心里所引起的同构感应，发而为文、诗。

当代西部文学，特别是新时期以来的西部文学，表现西部悲剧美更为深刻、内在。这最主要表现在，许多作家能突出西部文化开放、交汇的特点，从世界文化的互渗、古今文化的反差这样一个大背景上来展示西部人精神上的悲剧色彩。如张贤亮笔下的章咏璘，除了带着西部知识分子在"极左"思潮下的原罪感，还可以看到俄国民粹主义者的悲剧心理。张承志笔下的精神强者，也常常带着一点西方传统文化中人文主义、浪漫主义的情调，感觉得到"牛虻"和马丁·伊登的影响。王蒙《杂色》中的曹千里和契诃夫笔下的马车夫，在被生活抛弃孤独难耐这一点上不是也有某种精神联系？

西部文化也有着对悲剧意识的消解因素，那主要是大自然和酒。大自然教人强健和旷达，教人宏阔而振作。酒是西部生活的宠儿，它不像在中国内地，主要使人超脱避世，从消极一面来消解人生的悲苦。在西部，酒是强壮人世、扬神励志之物，它促使人积极入世，用精神的振作消解生活的苦。

现代社会存在着深刻的悲剧感。现代社会悲剧最深刻的原因，在于物质生产和精神生产的失衡，在于社会发展和心理承受失调。我们可以从这两方面来看它和西部悲剧感的感应。

首先，现代社会剧烈动荡，急速发展，造成人困窘、焦灼，导致种种文化心理病变。

人生的加速流动造成心理的高频震荡。现代人经常毫无准备便投身于完全陌生的新社区生活和异域文化环境，心理上出现迷惑和震荡，有时甚至使得适应能力崩溃。

现代社会政治、文化、经济在剧烈竞争中高速发展和矛盾纠缠，常常诱发各种突发事件（如战争、案件、破产、政变），临危抉择的压力，超强刺激的心理病变，使现代人经常陷入亢奋的痛苦之中。

现代社会超重的感觉轰炸和过度的信息轰炸，使人类不胜其苦。一方面它逼使人类疲于奔命地处理信息、溶解感觉，以跟上时代潮流，保持自己处在每一秒钟都岌岌可危的社会序号；另一方面它使人的感觉麻木，使人厌恶和排拒信息的接受和处理。现代青年人中流行的口头语"恶心"，正是感觉轰炸、信息超重造成的厌恶、疲惫、反感、愤懑等心理病变的一种宣泄。感觉的过度刺激歪曲了我们体察现实的真实程度，认识上的过度刺激干涉了我们思考能力的科学程度。现代人越来越敏锐的感性和越来越深刻的理性都在发生病变。

现代社会随着生存状态的改善，生存环境却正在急剧恶化。噪音、沙化、空气污染、各种各样难以控制的生理和社会的恶性病变，对日益减少的资源和财富分化不公造成的抢劫、杀戮、地区争端和局部战争等等，使人类对我们所驻足的这个小小的地球村日益缺乏信心，渐增恐慌。现代人类对世界的终极思考，悲观远胜于乐观。

这些发生在 20 世纪末的文化病变，或使人产生现代焦灼感，追求疯狂的介入；或使人产生现代冷漠感，追求病态的超脱。现代人便这样由两条相反的路同时陷进了精神泥潭而难以自拔。他们似乎在中国西部发现了希望，辽阔的带有崇高感的大地，没有文化污染的空气是一片多好的精神家园，而西部人旷达中的奋进和奋进中的旷达，无异于两剂疗救现代文化病的药方。这是现代和西部一种逆向的感应。

其次，也许更深刻的现代悲剧，还有来自现代经济的活跃、激荡，将人不断地从原有的生存土壤和精神家园剥离出来，和人的落叶归根的本能要求构成心理怪圈。生活和情绪愈动荡，心灵愈希冀安静。和生存之根、精神之根的时空距离、文化距离愈遥远，寻根归家、落叶乡土的心情愈迫切。离故土与归家情，成正比例上升。这是现代人的一种流行病，时髦而又深刻的悲哀，是现代人与生俱来、与日俱增而且难以克服的心理怪圈。因此，当离开乡土的美国黑人作家提出"寻根"这个课题，很快引起了世界的回归性流动。当中国知识分子也开始感到"寻根"对他们是那么必要，成千上万人的目光便落到西部。这是现代和西部的一种同向感应。

七

西部人由于空间疏离造成的孤独、人在自然包围中的孤独，和现代人由于心灵疏离造成的孤独、人在"物化人"包围中的孤独的感应。

美国有一首西部歌曲，叫《孤独的牧羊人》。中国内地人、城里人听这首歌，引起的是异域情调，但中国西部人、游牧者听到这首歌，旋律是陌生的，情境则是熟悉的，带着西部色彩。这个感觉，是几位内地的作家、评论家告诉我的。他们一道驱车于青海湖畔，当录音机放出《孤独的牧羊人》时，他们惊呼自己经历了一次新的美学发现，真正懂了牧羊人的孤独。

中国西部地广人稀，拥有国土面积的3/4，只居住着国人总数的1/15。这是西部社区疏离的一个原因。更主要的原因，是它以自然经济为主体的农牧业生产方式。西部的可耕地，很少像东北、华北大平原那样大面积集中成片。一个海子的边沿，一条小河的谷地，零零星星、疏疏落落为人类的生存提供一点绿地，散布着一些小小的村落。社区不能再扩大，也不能太密集，因为土地母亲狭小的胸脯上，承载不了过多的儿女。他们只有疏散，只有稀释，移人就土，移畜就草，才能生存繁衍。西部的草原虽然辽阔，但牧民赖以生存的牧群，需要比耕地大得多的草场才能构成勉强可循环的生物圈和食物链。这是由草场载畜量决定的两座帐房起码的空间距离。西部社区的疏离，在自然经济的农牧业阶段，简直是不可避免的事。人被土地包围着，土地被雪山、草地、戈壁分离着，西部便有了孤独的远村。人被牧群包围着，牧群被草原包围着，牧群越离得远，牛羊越吃得饱，西部便有了孤独的帐房。

这样一种生存状态，使社区与社区、人与人绝少交流，甚至无法交流；也迫使社区与社区、人与人在无法交流的状态下建立一整套封闭的、内向的、自给自足的生存循环机制，以致慢慢减少了交流的需要。西部的农民、牧民，只有全面掌握衣、食、住、行的本领，才能生存。这使他们常常成为什么都得干、什么都会干、万事不求人，但总体生活水平不高的那种"能人"。年深日久，世代相传，孤独的生存状态不可避免地会转化为孤独的文化心理、孤独的情绪氛围。啊，我那西部"孤独的牧羊人"！

这当然不是西部文化的优势，但也在某些方面转化为优势。西部社区疏离所造成的人际孤独，极大地提高了他们与自然直接进行实践交往、思维交流、情绪交感的能力。他们不善表达，善沉思；不善言辞，善意会；不善舞文弄墨，善轻歌曼舞。他们拙于社会交往和人际周旋，却和大自然，和他们的牧群、草场、雪山、流云，有着自如的对话和微妙的感应。他们在文化传播——语言，在现代传播手段——报刊书籍、广播电视、会议文件之外，创造了独处大自然中和外部世界交流的"手语""眼语""心语""情语"。这是孤独给予西部人的天籁。

精神劳动本来就是孤独的个体劳动。精神的强者，常常是不同领域的启蒙者和先行者，不喜欢拥挤在一个空间。所谓"江山代有才人出，各领风骚数百年"，也包含着一个精神的强者常常像大江大河一样，需要广阔的时空流域来化育、汇集的意思。星河灿烂的时代也有，更多的是在历史的淘汰之后，剩下代表性的、孤独的强者，隔着时代的银河相望。别看他们异地异代而处，却可能是真的知音。知音往往并不是日夜厮守在一起的人。

精神强者一般都是深刻的思考者。高强度的思考需要高强度的孤独。在思考进入极致时，思考者常常在心灵上绝尘弃世，实行自我放逐，这使他们很不合群。孤独的弱点加上过人的成就，极易遭到群体的排拒和嫉妒。他们可能身在闹市，却感到无人对话、无人交流的孤独。他们甘于寂寞地处在那个万头攒动的主题文化结构之外，执着地探求着。嫉妒和排拒愈益使他们孤立。更有甚者，精神的强者常常有超前于现状和后续的批判，于是常常在精神上遭到社会的放逐。异人被诬为异类，这是经常发生的历史误会。有时这种放逐远远超出了精神的范围，他们便不约而同来到了偏远的西部，来到了政治、军事、经济、文化的"边地"或"圈外"，另行经营一个新的天地。车尔尼雪夫斯基、列宁来到西伯利亚。一个在那里写下长篇小说《怎么办》，画出自己心中理想的社会彩图；一个在那里写下了论著《什么是"人民之友"以及他们如何攻击社会民主主义者?》，为新制度清扫道路，铺下理论基石。先行者在后面的大队还没有跟上来之前，启蒙者在整个社会还没有启蒙之前，都有一段漫长的孤独，成为精神的流放者、心灵的游历者。这是一种西部孤独。我们看到，这种孤独实际上已经将西部和现代连接起来了。

如果从更广阔的思路上来思考现代孤独的成因，除了上面提到的，还有这样一些话题——

现代人整体文化素质的提高和内心生活的丰富促使孤独。孤独常常是智慧的苗圃，是思考的沃土，是驰骋感情的旷野。现代人也就将孤独看成自己的领土、自己的财富。现代人的对话与交流，要求有丰富的信息内容、思考内容、情绪内容。因而一切语言以沉默为渊源，一切交流以沉默的劳动——收纳信息知识、沉思事物的内部联系、蕴集感受和情绪——为土壤。现代人认为，世界上最有资格说话的人、最想说话的人，不是喋喋不休者，不是津津乐道者，而是最为沉默者，亦即最好的思考者。现代人要说话，就要说那些有信息、有见地的话。这样的话，是只有孤独才可能赐予的。感情也是这样。按现代知识分子的观点，无可言说、无须言说、无可交流、无须交流的爱，才是可以独享的爱，至高的爱。

与此若即若离联系着的，是现代社会群体主体和个体主体的大幅度张扬，孤独和交流同时成为主体张扬的天空。群体认同需要交汇，个体自足则倾向孤独。以个体主体为基座的价值观、人生观的流行，造成了一批孤独者——一批社会的"独行侠"，造成了一批"迷乱和战栗的孤独的个体"（基尔凯戈尔语）。

还有，在现代生活的急剧流动中，个体不断地从原有的环境、原有的群体中被抛甩出来，使人孤独。从外部看，个体与环境、个体与社会群体难以组成永恒的固定的关系，难于熔冶一体。从内心看，这种人和群体不断游离，也就迫使人不能不为自己创造一个相对稳定的内部环境，以实现良性的精神循环。这容易导致内向型、内存型的孤独。而现代文化动荡造成一部分人对生活采取消极的不介入主义，他们以超悲剧、超喜剧、超义愤、超真诚的油滑对待生活。这种现代冷漠、这种现代幽默的别名，正是现代孤独。

现代孤独也是一种逆反。人愈拥挤在城市、社区空间愈密集，愈要避开和保留自己心灵中的小天地，没有绿地，哪怕在阳台上搞盆栽，也要将它密封起来。社会愈是一体化，人愈希望独处。生活愈是规范化，个性愈要求独立。身体面对面，常常诱发心灵的背靠背。无法逃离频繁的人与人的交往，常常导致对这种"逃离"的罗曼蒂克的神往和对孤独的乌托邦之国的单恋。

现代孤独更是一种自救。尽管这种自救也许是无望的尝试，深知被既在世界的喧嚣淹没的危险，深知被既在文化机制操纵的危险，于是宁可决心与世绝缘。这种绝缘的心灵气功，导致人格、诗格、文格的孤独。他们在生活中、在作品中，开始自言自语，本我、自我、超我互相对话，在自己一个人或极小的一群人的心境、身境与语境中，度过孤独的生涯。

八

西部人文山川的阳刚之气与它的人格化，和现代竞争社会所要求的强者精神与它的人格化的感应。

应该说，中国传统文化就其主体结构和总的精神来看，不是扬厉刚强、扬厉进击的文化，而是以柔克刚、以天达人、以阴取阳、儒道互补的文化。这在中国的统治阶级文化、意识形态文化中，尤其在宋明以后的历史中，表现得更为明显、更为集中。中国的封建社会，常常是以温情脉脉的伦理与中庸和平的政治权谋来实现专制、严酷的统治的。中华民族的阳刚气质和自强精神之所以能够生生不息地传承发展下来，相当程度上是透过统治阶级文化的缝隙、游弋于意识文化主体的边沿得到实现的；是经由亚文化、副文化的领域，经由文化混交林和次生林带，经由民间文化和多民族文化的留存、传播、交流、再生得到完成的。西部文化正是这种交混的、次生的、多民族的文化。

有的西方学者从气质上、心理上将人分为统治型、超脱型、依赖型三类。我想不从气质心理学的意义上，而从社会文化学的意义上借用这种分类阐述一些相关的问题。

依赖型的人，缺乏独立自主的精神和阳刚雄强的气质，是不言而喻了。应该特别提到的是，产生于封建社会的自然经济结构中的小生产者，正是这种依赖型人格在中国一代一代生长的土壤。小生产者自给自足，他们过多地考虑一家一户的生存，心胸狭隘而目光短浅。低下的生产、生活水平，使他们最大的希望就是温饱、为生存维持简单再生产。他们也有牢骚、不满，也造反、起义，甚至像李自成那样夺取政权建立国家，但由于没有自己的政治理想，他们只能依赖他们所反对过的那个阶级——封建地主阶级的政治体系、政治结构和行政方式来"解放"自己。自然，这不可能给历史增添什么新东西，只能改个年号，轮着做皇帝，完成一次又一次的历史重复。即鲁迅说的，由"做奴隶而不可得的时代"争取到"做稳了奴隶的时代"。社会政治理想上的依赖性，决定了他们在历史的发展中只能扮演"被拯救者"的角色。于是"被拯救者心理"成为中国社会习以为常的心理。"被拯救者心理"就是依赖别人来拯救自己，或依照别人的甚至敌人的模式来拯救自己。他们从来不相信自己能够拯救自己，能够创造拯救自己、拯救社会的方案。这种"女性化"的人格，不但使中国的小生产者演出一幕幕"镜花水月"的历史悲剧，而且给中华民族精神注进多少阴柔委顿的因子。

超脱型的人格和哲学在中国源远流长，几千年来一直纵贯于民族精神之中。"隐士文化"可以称为中国的亚文化。"隐士文艺"则在中国艺术精神中占有更重要的地位。避世、出世成为中国知识分子一种重要的入世方式。"见素抱朴，少私寡欲""塞其兑，闭其门"则是中国知识分子追求的一种人生境界。不仅道家，甚至儒家也有这种淡泊之心，孔子就说过"用之则行，舍之则藏"这种恬淡超脱的话。老子提倡"不争，故无尤"，自己弃官而去，出函谷关，隐逸山林，不知所终。庄子主张用返回自然来解决人与社会的冲突，在人与自然的和谐中达到内心的和谐。他认为卷入社会的格杀和名利的角逐是最大的悲哀，主张保持心灵高度的逍遥自由，使自己成为永恒宇宙的一部分。陶渊明不愿"以心为形役"，不齿为五斗米折腰，辞官归田，躬身南耕，采菊东篱，在隐退中获得充实。范蠡、张良功成即身退。介子推烧死也不出山争功领赏。姜太公以直钩钓鱼，表示自己不计实利，听其自然，愿者上钩，等等。他们或是为了躲避兵燹灾荒，或是为了躲避政治窘迫，或是心性高洁，或是人生智慧，也有的其实是待价而沽，以"隐"钓誉，情况虽然很不相同，有两点大致是共同的，一是以阴柔为人格境界，一是以曲线来介入社会。老子说得很透：不与人相争的人，天下没有人能和他相争。

就是统治型的人格，在中国以儒家为主的文化结构中，也不是主要表现为单面的强权政治，而更多表现为冲和中庸的谋略政治。"谋"是和"阴"联系在一起的。宋太祖在创立基业时，重武轻文，发动陈桥兵变，雄强不可一世，但将江山握于股掌之中后，却以柔克刚，以杯酒释大将兵权，真是君子动口不动手，谈笑间威胁"灰飞烟灭"。朱元璋以强者的手段打出来个天下，后来却搞开了"深挖洞、广积粮、缓称王"的谋略。刘备觊觎汉室江山久矣，却偏躲在后院子里种菜，以示淡泊，曹操煮酒论英雄，一语点破，吓得他筷子掉地，又巧借"闻雷"来掩饰。这一个一个，都是真正的中国式英雄。庸者为王，弱水为强，大智若愚，难得糊涂，"不为天下先"，化百炼钢为绕指柔、再以绕指柔熔百炼钢，等等，反映出中国政治文化极高的智慧。但无可讳言，这对民族精神雄强、阳刚的一面，不能不是极大的压抑和消解。

西方学者对气质的这三种分类，两千多年前的孔子曾用四个字做了相近的概括："中行""狂狷"。"狂"者，志大言大，进取外露，近于统治型的人；"狷"者，性情偏急却又比较拘谨，"有所谨畏不为"，近于超脱型的人；"中行"者，介于两者之间，"依中庸而行"。孔子说"不得中行而与之，必也狂狷乎"，近于依赖型的人。这一类型的人，被中国以儒家为正统的文化所肯定。

在中国文化的根基儒、道、法三者中，道出世，超脱阴柔；儒入世，却以权谋取胜，仍近阴柔。儒道互补作为中国传统文化的基本结构，实际是一种以柔克刚、以阴补阳的结构。中国也有法家，近于"狂"，近于雷厉风行的统治型，但那是在秦汉唐以前的百家争鸣的时代才独立成派。到了汉唐以后，中国传统文化趋于成熟，法家乃被消融、同化于儒道互补的结构之内，只依稀可见其蛛丝马迹而不足以成三足鼎立的一家了。看来，大中国传统文化精神中，特别是近五百年来，阳一直受牵制于阴。

但是不要忽略，中国自古以来还有西部文化的源流和板块。西部文化在中国从来都属于民间文化，它不可能成为社会的统治文化。西部文化在中国又从来都属于异质文化，所谓"夷狄之邦"的文化，它不可能成为国家的本体文化。因此，它有可能在中原儒道互补的文化圈外，较多地将自己原有的阳刚雄强气质留存下来，成为中国文化中极有活力的一支。它和内地文化气质上的差异，从《资治通鉴·唐纪》记录的一位突厥人的话可见一斑。他说："释老之流，教人仁弱，非用武争胜之术，不可崇也。"他劝他的可汗不学内地仁弱的文化，而要保持"用武争胜"的锐气。这股西部的阳刚之气，在古代曾经对中国文化的发展与改造起过重要的作用。隋唐两代的东西文化交流和南北民族的迁徙，曾经怎样激活了民族本体文化内在的生机，使民族文化出现了空前的发展和繁荣。历史上中原与西北少数民族连绵不断的征战，又促进了中原和西部经济文化的交流，而且强健着我们民族肌体内的雄性精神，这是大家都知道的了。我国宋代以前"尚武"，民族整体形象具有相当的男子汉气质，不能说与此无关。宋以后"尚文"，虽然宋明两代在科学文化方面达到极致，但烂熟了的文明却在相当程度上弱化了民族精神，所谓宋代"雌了男儿"，所谓连石狮子也在狰狞的形象中平添了一点中和之气与微笑之容，恐怕也是事实。这与西部文化在近五百年与内地相对的隔离难道没有联系么？

20世纪的中国进入了现代社会。鸦片战争以来，一百多年挨打的历史、几代受凌辱的创伤，不但使中国人清醒地看到了自己国家经济上的落后、政治上的腐败，更使中国人深深感到了我们民族在精神上的雌弱。在各种矛盾交错中急速动荡的现代社会，在知识信息爆炸中剧烈竞争的现代科技与经济，都要求有与之相同步的强者精神和以这种精神铸造的现代人格。没有这种精神和人格，中国在世界民族之林中何以自处！从某种意义上说，一百多年来无数仁人志士所探求的改造中华、振兴中华伟业，同时也就是重铸民魂、重振雄风的伟业。毛泽东最为赞赏的鲁迅精神，就是敢哭敢笑，没有丝毫奴颜和媚骨的硬汉子精神、民族自尊自强精神。

这时候，人们重新发现了西部，发现了站立在崇山峻岭、长河落日之间的那位大写的西部男子汉，听见他那雄强的、高亢的男性之歌：

> 我是鹰——云中有志！
>
> 我是马——背上有鞍！
>
> 我是骨——骨中有钙！
>
> 我是汗——汗中有盐！
>
> ——杨牧《我是青年》

这位西部诗人向世界宣告，西部是骨中之钙，是汗中之盐，是云中之志，古老的西部是铁骨铮铮的青年汉子！

人们用现代的科学技术和现代的科学思维在中国西部发现了地下、地上同时存在的两个富矿。地下的物质矿藏：石油、煤炭、有色金属；地上的技术矿藏：交汇体、动态感、强者气质。科学家、工程师和艺术家、研究者同时朝这里进发。原来，西部文化是在剧烈的动态竞争中诞生发展的，以动制静、以阳主阴是本质、本色；原来，西部文化又是多维交汇的，这使它的内部结构中蕴含着某种开放体系，能够容受、引进世界各国、周边各地文化中动态的阳刚因子。

文艺学术，作为时代的晴雨表，作为社会最敏感的神经，开风气之先，开始出现了讴歌强者精神、塑造硬汉形象的小小的然而引人瞩目的热潮，并且很快就有了相当的成果。

我在《中国西部文学论》第七章和第九章第二节，以近两万字的篇幅对此做出了初步的描述。大意是：在早期的西部作品中，就已经出现了叙事文学的硬汉子形象系列和抒情文学中的阳刚意象系列，还涉及了内地人的西部化和女性的刚化等极有价值的社会心理现象。——在张贤亮、路遥、唐栋、李斌奎、张锐、文乐然的一些小说中，硬汉子形象作为主角在驰骋，并且通过人物形象和生活形象、自然形象的交相辉映，洋溢出强烈的对力的呼唤。西部作家勇于在历史长河中击水的豪迈气质，升华为雄性审美精神流贯全篇，在杨牧、周涛、章德益、昌耀、李老乡、张子选等人的诗歌作品中，则从各自不同的气质出发，经过立意—具象—意蕴这样一个诗化过程，创造出了雄性精神的意象系列；博格达的峰峦、慕士塔格的积雪、伊犁的骏马、天山的雄鹰、长长的冬日、茫茫的荒原、无边的寂寞、伟大的沉默，还有苍穹、雪线、流沙、断崖，等等。这些富有力感的意象，是创作和欣赏的契机和脊梁，有着深广的审美启动力。

无独有偶，北京大学中文系教师曹文轩在他开设的《中国 80年代文学现象研究》这门很受欢迎的选修课中，也专门用第十一章整整一章论述了"硬汉子形象的塑造"问题。这部讲稿与笔者《中国西部文学论》同一年同一月出版。曹文轩在"阳刚之美是中国 80 年代文学的主要美学倾向"这一论点的基础上，以西部文学为重点，读到了硬汉子形象的几种类型（1.外在与内在相统一；2.躯体与精神不对称；3.男性化的女强人），硬汉子形象活动的几个领域（1.艰难竭蹶的日常生活；2.风云变幻的政治舞台；3.险象丛生的大自然），硬汉子形象的性格和精神标志（1.冷漠外表下储藏着深沉的情感；2.不可摧毁的硬汉子意志和超出常规的韧性；3.他们永远是打不败的），塑造硬汉子形象的艺术手段（1.造成逼势；2.树立大容量的对立物）等几个方面的问题。许多见解与笔者不谋而合，勾勒出西部文化阳刚美的轮廓，但思路更为广阔，材料也较充实，可供我们进一步深究这个问题。

九

西部不是一种读法，现代也不是一种读法。

当我们从西部潮与现代潮的感应的视角来读西部、读现代时，自然更多着眼于它们的联系、它们的优长之处。我们不应该忘记西部是不平衡的。西部的文化，就结构来说，虽然有它的优势，但由于西部处在漫长的原始形态的自然经济基础上，结构优势并没有迅速地、完全地转化为成果的优势。因而西部文化也有它落后的一面。

就拿西部的文化结构来说，也要看到，理论上我们可以将一种文化结构从特定时代的文化内容中抽象出来，文化结构总是挟带着它所处具体历史时代的经济、政治、思想、文化和实际生活的丰富内容。结构和内容密不可分，落后的内容当然会影响结构优势的发挥和感应。我们对西部与现代化结构上的感应也就绝对不能理解为两者内容上的沟通，而只是一种精神、气质上的感应、应和。

所有这些，我们都要做具体的科学的分析。对西部文艺的负面，我们不应该无视或忽视，也不应该草木皆兵、满目疮痍。我个人始终是将这些负效应作为一种精神现象、文艺现象在发展过程中的不足来看待，既严肃地指出，也不全盘否定。

而我们在这篇长文中，也只是从总体趋势上来谈两者的感应。我已经在《西部的沉思》和《中国西部文学论》中指出了西部潮应该注意的问题，将来有机会还要做更深入细致的剖析。但所有这一切，都不会降低我对西部、对西部文艺由衷的热情。

我是一个被西部重新铸造了灵魂的东部人。我在西部第二次诞生。我爱西部如爱我的母亲，我总感到，冥冥之中的夸父是有道理的：西部不应该永远是太阳落下去的地方，光明消失的地方；总有一天，它会光明永驻；也总有一天，这里会升起新的太阳，那便是精神的重振和经济的腾飞。我愿意为此而劳作。我吁请更多的人为此劳作。

像文章开始时那样，我向诸君再献上一曲西部的歌——

也许你还不了解它，

它的绿洲，它的黄沙，

它的牛羊，它的庄稼，

它的胡杨林如诗如画。

哦，我说你会爱上它，

啊，思念如痴如醉，你会爱上它。

也许你还会不熟悉它，

它的油海，它的钻塔，

它的花毯，它的彩裙，

它的林荫道攀缘山崖。

哦，我说你会爱上它，

啊，思念如痴如醉，你会爱上它！

请别忘了，这首歌的题目叫《你会爱上它》。永远永远，"你会爱上它"！

将灵魂安顿于圣境

　　来到希腊，好像来到人类精神神话的世界。自小听说过的许多文化巨人，由幻想而鲜活，由心仪而不期然地迎面走来。亚里士多德、德谟克利特，当然，我第一个想趋前问安的是苏格拉底。来希腊不能不晤、不见这位老人家。

　　苏格拉底是西方文明之父，在被德国学者雅斯贝尔斯称为"轴心时代"的那个时期，北暖温带附近出现了一大批元典性思考者，有孔子、老子、佛陀、耶稣，有苏格拉底和他的学生，号称古希腊的"文化三贤"。苏格拉底和孔子，作为东西文化的极高，他横空出世于爱琴海滨。千万不要忘记，这个文明轴心像昆仑山脉一样横亘在北暖温带的精神山脉，大致正好在古代丝绸之路的方位上。这样丝绸之路与精神轴心便组合成我们这个星球上一个硕大无比的万象、万体，向宇宙宣示着人类生命的伟岸。

　　苏格拉底自诩为圣神的雅典牛虻，他要刺激那个沉睡的国家及人民。他创立、宣传新神，这便是宇宙理性精神，主张有知即有往，所以无往乃是因为无知。他说："我唯一知道的，是我无知。"他使自然宇宙哲学回到人间，回到自我、心灵，发展为伦理哲学和道德结点，他说："认识自己方能认识人生。"他明确地将人区分为物质实体和精神实体，人生在物质境界与精神境界"两界"中演进。他说："世界上有两种人，一种是快乐的猪，一种是痛苦的人。要做痛苦的人，不做快乐的猪。"他身体力行大众教育，这甚至比孔子进了一步。他们两个都述而不作，思想言论由学生整理。孔子虽然有教无类，也只教了 72 个贤人和 3000 名弟子。而苏格拉底常常在广场上给大众演说，与平民卜论。他用启发式的提问与对话，将自己的知识、思考与智慧传达给大众，创造了"苏格拉底问答法"。他说："每个人身上都有太阳，重要的是怎样让它发光。""教师只是助产士，要当新思想的接生婆。"

就是这么一位先知先觉者，被当局诬为"引进新教、蛊惑青年"，因传播、坚持宇宙理性精神而获罪，竟通过法律程序被执政官会议判了死刑。他的学生们劝他逃亡，安排好了一切；他也可以请求赦免，只要他"痛改前非"，但他拒绝了。他不能放弃他的人文立场，也不能因权宜之计而言不由衷地认错。他终生维护雅典法律的权威，主张以理性法治而不是主观随意的人治来管理社会。他不因自己的逃亡而破坏法制。这位精神理想的殉葬者对学生们说："分手的时候到了，我去死，你们去活，究竟谁过得更幸福，神知道！"

　　苏格拉底这样壮烈地为精神主张而死，总让我想到我上人民大学时期高我一级的两位学姐，一个叫张志新，一个叫林昭，她们为自己的主张而献身，巾帼远胜须眉，陕籍著名诗人雷抒雁在他那轰动一时的写张志新的长诗中写道：她们让既有的男子汉惭愧，当然更让我这位虚有一身臭皮囊的小学弟无地自容！她们真是苏格拉底的好学生！

　　但对于千年封建专制的中国来说，也许更有文化比照意义的是"史圣"司马迁之死。他为李陵辩护，也是为历史真实辩护，而遭到汉武帝暴虐的对待。他没有慷慨赴死，而选择了屈辱地活下来。他忍受着被皇权阉割的精神痛苦，无脸见人，浑身冒汗，埋头隐居写《史记》，完成自己"史官家族交给自己的责任"。他以对历史负责的神圣感，战胜了个人的荣辱。个人生命虽被阉割，史笔史魂依然坚挺而光辉四射。这是在东方独裁体制下独有的生存方式和生命光彩。

　　西方的苏格拉底为自己的文化责任而死，为自己崇尚的法典而死，东方的司马迁为自己的责任而活；一个挑战王权而屈从法典，一个屈从皇权而坚守历史；一个为法之魂，一个为史之魂，走向永生。

在意大利回望西安

一

作为世界四大古都，自古从来，罗马－长安可以说是最有缘分的两座城，它们连袂出现于历史和现实的舞台，频率之高引人注目。它们的历史景深和文化气息在旮旯拐角散发着沉香木的幽香。而搭建这个历史和现实舞台的，主要是两千多年横亘于历史和现实之间的那条闪光的丝绸之路。

我已经是第三次从西安来到罗马。第一次是 4 年前，我来罗马举办了"肖云儒中国书艺展"，在一座有着 600 年历史的叫做"诗人之家"的书籍博物馆，整整展览了 3 个月。开展那天，中国驻意大使馆文化参赞和罗马文化官员以及各界人士，来了一、二百人。当我现场作书写表演时，老外们为中国书法的笔、墨、水、纸在急速运动中自如地交融，为水墨线条在极具东方审美意味的动态组合而啧啧称奇。围观者水泄不通，一次次响起了赞叹和掌声。之后我为观众作了《中国书法美学特征》的学术讲座，边讲边与热心的听众互动。意大利国家电视台作了现场播报。

第二次是去年，参加中国"丝绸之路万里行"全媒体文化活动，坐汽车西行 3 万里，经 8 国 30 余城由西安到达罗马。记得到达罗马时，意方特意安排了警车开道，意大利国家电视台启动了直升机航拍。车队在罗马闹市绕行一周后到达米开朗基罗设计的市政厅广场，在军乐队的伴奏下，罗马市政府在这里举行了隆重的欢迎仪式。中国驻意大特命全权大使李瑞宇专程出席。罗马市副市长涅利主持仪式并致了热情的欢迎词。随后发布了意大利国家副总理普罗迪的电视讲话。有一句话让人难忘，他说，在张骞之后 2000 多年，在马可.波罗之后 700 多年，丝绸之路又开启了，罗马—长安又贯通了！

这次三到罗马，我由对古罗马文化的观光和景仰，渐次进入西安和罗马乃至意大利其他城市的文化比较和思索。同为世界古都，其实西安和罗马有所不同。西安自古作为世界大都会，在历经 13 朝古都，尤其是作为民族、国家基石的周秦汉唐几个大王朝的政治文化中心之后，都城迁走，始而东移洛阳、开封，继而南下南京、杭州，后来又北上北京，长安也就更名西安。它仍然是中国的文化中心，政治、经济地位却在某种程度上边缘化了。唐以后的西安，更多是作为国家的西部重镇雄踞三秦、辐射西北。辛亥革命之后，虽有 1930-1940 年代的西安事变和延安革命根据地时期，虽有 1960年代的三线建设和 1990 年代以后的西部开发时期，西安的地位屡有提升却并未发生根本性改变。是近年来国家"一带一路"大战略的提出，国际文化大都会的定位，给了西安一个重返国内外中心舞台、重温汉唐盛世的难得历史机遇。每思及此，我们这些血脉中潜藏着故都情结的西安人，心中的温度便会升高。

罗马不一样，它自古至今一直是国家首都，是排在欧州乃至世界前列的中心城市，也一直是"条条大道通罗马"这一象征性话语的合格的寓指之城。罗马一直深刻地卷入了意大利、欧洲和世界的古代史和近代、当代史，文明史和政治、经济史。这固然与世界历史书写中的欧洲中心论有关，却的确给罗马平添了不少分。从对等交往的平台看，罗马人有一种心理，他们不轻视西安，却更愿意与中国的北京并列。这似乎不够公平，却又不可避免，那么可以理解。

二

意大利的古都佛罗伦萨虽然现在只有 40 几万人口，放眼漫漫历史路，却完全可以和西安交相辉映。和西安一样，它也是几千年的古都，也引领了一段让西方发展轨迹转向的、可以大书特书的历史。

古长安缔造了中国史上最辉煌最可称道的汉唐盛世。在这个盛世交响乐的序曲，是由张骞与汉武帝领衔奏响的丝路旋律，而后引出汉韵唐音的各个乐章。所有中国人一说起汉唐盛世就诗情洋溢，民族集体意识中那种血性而又宏恢的历史记忆和未来渴望，就会被一把火点燃。直至今天，汉唐盛世不依然是我们"中国梦"的一个重要的历史尺度吗。

而佛罗伦萨孕育了欧洲的文艺复兴。达·芬奇、米开朗基罗、拉斐尔、但丁等人的文化思想和创作实践，以崭新的人道主义为基石，如惊雷和闪电划破了中世纪"唯神论"的阴霾，用"唯人论"照亮了整个欧州的精神宇空，前导着资本主义社会的来临。

遗憾的是，东方的汉唐盛世辉煌了大约四五百年，终于没有引发皇权制度及其理性体系的根本变化，中国甚至反而沉入了宋明理学更为森严的文化桎梏。这之后，尽管国力和文化力在宋明继续维系了一段向上的昌明，之后也拐进了下坡路，进入近五百年落后挨打的局面而不堪回首！

两个历史时空为什么会有如此不同的走向？这就要谈到佛罗伦萨的一个人物：米迪奇。中国历史少的正是米迪奇这样的官员和商家。米迪奇家族的徽章雕在米开朗基罗广场小教堂前厅的一面墙上，毫不起眼。徽章上没有爵位和财富的炫示，却将几颗普普通通的药丸镶成一个弧形。很少有人注意到它，我郑重地将它拍照下来，收藏在心中。原来，米迪奇家族是以经营药材起家而成为意大利最富有的家族，成为大银行家和"僭主"，即实际统治者的。他们由制药而航海，由制造而金融，由商业而政治，却更深知、更重视以文化来为经济开路，以文化来巩固政权。他们投入巨资支持达·芬奇、米开朗基罗、拉斐尔等大艺术家冲破中世纪的神权主义，引领欧洲的文艺复兴运动，催生资本主义的降临。这一切，又都反过来为米迪奇家族的商贸和政治活动开拓了新的历史平台。

米迪奇家族创造了以文化引领经济、政治的杰出例证。

对比中国近代史，我们看到了巨大的落差。自古以来挥之不去的重农抑商观念，使我们的晋商、浙商和秦商很少与文化结缘、与政治联姻。徽商好一点，出现了胡雪岩这样蚁企结合的"红顶商人"，而后却在政敌和洋人的打击下而衰败。中国的政界、文界呢？也从来不屑于与商贸结合，借商贸之财力，推动思想观念、文化精神和社会建设、社会管理的提升转型。这可能是近代中国各地商帮衰败的一个重要原因，也是中国近代政治社会改革滞后，文化开放滞后的重要原因吧。历史呼唤中国的米迪奇，而千呼万唤未出现！

从佛罗伦萨起步的文艺复兴，不但结出了一批经济社会硕果——象威尼斯水城这样的海洋商贸中心，而且推动意大利和欧州彻底甩掉了封建制度，以蒸气机为转向标，走上了资本主义工业化新时代。佛罗伦萨对历史进程的影响是根本性的，它是现代社会的第一缕曙光。

面对佛罗伦萨，西安能够永远满足于"文化古都"这一美称吗？文化不止指已经储备的资源，有活力的价值观才是文化的核心，有活力的价值观所激发的当下实践才是文化活的生命。"文化古都"一定要同时成为价值观的创新者、领跑者，古都才能薪火相传、代代更新。

三

但发达的西方也有它的隐患，这就要再说几句威尼斯。湘隔一年之后，这次我又乘船从同一个码头来到这座令人销魂的水城。又见到了圣马可广场和钟楼。又倘佯于那条条交错纠缠的小巷，那家我们吃过饭的温馨小店。又吃墨鱼面。又乘着已有1500年历史的小舟"贡多拉"穿行于迷离曲折的水巷之中，还竟然又路了过马可波罗故居的门前——只是再也寻找不到去年"丝路万里行"朋友们的身影了！

怀旧的同时也充满了隐忧，两种感慨在心中漩涡般绞动。

这种隐忧是当我得知了一个信息后产生的。因了海平面的上升，200年后威尼斯将象泰坦尼克号一样沉没于海底！因为它建在100多个小岛之上，以177条水道、400座桥梁连接而成，它的许多建筑是架在插入淤泥和水下的木桩上建成的。有座只有48米长的利维德桥，两个桥头堡就用了12000根木桩支撑。气候的逐年变暖正在使海平面逐年上升，如若这座美丽的水城被淹没，凝结在水城建筑之中人类几千年的智慧、劳作和审美结晶将和我们永别。

身处覆舟的频危心理宠罩着威尼斯人，再加上国际旅游名城无休无止的喧闹、拥挤、污染，威尼斯已经变为宜于旅游而不宜于居住的城市。本地居民正在悄悄逃离，原住民由35万急速降低到5万多。但从街面上熙熙攘攘的人群看，丝毫没有大船倾覆前的惊恐，有的只是喜悦、赞美、陶醉。游客以每年上千万的超大规模从世界各地来这里观光，他们摆出各种美丽的姿势留影，幸福地购物消费，炫耀自己的富有或幸福，很少有人无视城市深处、水巷尽头幽幽泪光，也很少想到本土居民对家园即将沉没的忧虑。

资本主义推动了历史的进步。但资本主义、尤其是早期资本主义的工业化浪潮，也导致对生存环境的极度破坏。忽视大自然各种生命的价值，忽视天宇和大地循环的规律，最后必然遭到环境的报复性反弹，伤及人类自身的生存。马克思曾经这样一语中的地谈到处观好人道与自然的理想境界：彻底的自然主义就是彻底的人道主义，彻底的人道主义也就是彻底的自然主义。而这就是共产主义。

不由得再次想起坦泰坦尼克号！船上的人们，在沉没前惊恐着，哀号着，逃生和挣扎着，有损人利己，也有救助与互助，无论何种状态，都可以视为人类在灾难前的一种抗争，都是求生的积极行为。给人印象最深的是那些放弃逃生、镇定自若演奏的音乐家，他们以优美的旋律给这个即将覆灭的世界奏响安魂曲。那是死亡无可避免时的镇静，是视死如归的救赎，也是重生与悟觉。而今天，我和我眼前的人们，站在这艘行将倾覆的巨轮上，却浑然不觉地欣赏着家园和自身的毁灭。以轻喜剧的态度对待沉重的生命悲剧，真是加倍的悲哀！

威尼斯，一个当下世界残酷的寓言！

四

倘若从发展的角度回望西安和意大利几座城市，也许最能启示我们的是米兰。米兰是意大利的第二大城，我们这次就是专程来这里参与第二届世界博览会的。我和中国陕西的代表一道，参观了意大利、中国和美、法、德几个展馆，并且在组织方的安排下，举行了一个小型的中国文化种子论坛。虽然匆忙，还是尽其所能地展示了书法、秦腔、中医等中国文化元素，我和张宝通、李刚、魏双良几位先生还分别就《长安—罗马，丝绸之路上的文化二重奏》《从"秦那"到意大利》《千年秦商》《中国文字与书法》等论题作了主旨发言。

米兰也是个古都，曾是西罗马帝国首都，拥有世界最大的哥特式建筑米兰大教堂和斯卡拉歌剧院这样闻名于世的宗教和艺术建筑。但米兰又是闻名于世的时尚之都、炫酷之都、制造之都，拥有世界半数以上的著名时尚品牌和时装大牌总部，拥有世界最著名的奢侈品大街。米兰时装早已通过 T 台打造了自己的全球形象。记得 2013 年夏天，在西安南城门古老的瓮城中，举行了一次米兰时装表演。意大利国家电视台专程赴西安现场直播。编导者是我的意大利老友保罗、蓋特和意藉华人聂红梅。他们盛邀我出席并登上 T 台讲话。矮小的我夹在高大的米兰名模中，很显出一点尴尬。瓮城内塔建起一个少见的"女"字形 T 台，世界量级的名模们无比雍容华贵地在城楼的背景中从容去来。在华灯彩光照耀下，世界最酷最美的现代文化元素和南门城楼古老的东方元素在反差中融合为一组一组动态的画面，那样的天衣无缝，真的"我也是醉了"！AC 米兰和国际米兰两支足球队，跻身于世界夺冠最多的球队之列，更是让无数年青人狂热。米兰足球的影响已经远远超出了体育，成为当代社会速度、智慧、青春的标志，成为人类生命活力的一个喷射口。

米兰不愧是是现代意大利、时尚意大利的第一符号。

传统与现代、古老与时尚就这样在米兰构成一种"二律背反"。两股看似反向的文化力量，在漩流般的冲撞中形成两极震荡效应，反激出源源不断的生命力、创新力。老传统给新时尚以底气以运势、新时尚让老传统一代代鲜活地重生、获得新的青春。这一点，也许正是我们显得不足的地方。我们常常好怀古好溯源，好关在历史厚重的大门背后奢谈"老子天下第一"。记得十多年前我在《陕西人的'十好'》的文章和访谈中，痛切陈列过陕人的"十大不良精神嗜好"，其中就谈到过"好为中"、"好溯源"的现象，曾经引发轩然大波，在报纸上讨论了很长时间。

随着时代的发展，陕人革新进取之精神已与日俱增，而且卓有成效地体现在经济社会发展实践的方方面面，尽管如此，站在米兰世博会的现代主义雕塑之前，我还是想起了自己文章中的一段话，不妨引在这里作结：

"我们要当好子孙，把祖先创造的好东西留下来，我们也要当好祖先，给子孙创造新的文化财富，把自己创造的好东西传下去，将传统接续下去。我们不能装孙子，躺在祖先的成就上睡觉；我们也

不能装爷，压制下一代鲜活的创造。我们要用切实的创造性劳动去

证明自己的'代别身份'。"

永恒之城

——罗马的艺术气息

　　罗马，一位地道绅士和贵族，它少有高楼和喧嚣，却风度翩翩，很有几分矜持。时尚不摆在脸面上，却是这个星球上引领时尚之地。法拉利、兰博基尼这些我说不顺嘴却让年轻人一听就心跳的豪车，就是在这一带设计、制造的。"罗马时尚"成为电脑搜索的一个热词，举凡名包、名鞋、名装，无不以此为品牌符号。

　　意大利人把它们的首都称为"永恒之城"，当然与这座城绵长到永恒的历史有关系。关于这座永恒之城的起源有许多传说故事，这些传说无不带着些许神秘、些许浪漫，散发着浓厚的人性和艺术气息，也暗传着从罗马帝国传承下来的一种自豪。这种自豪存于每个罗马人心里。

　　其中最著名的一个传说，是那么繁复曲折，足可以写一部长篇、一部史诗。说的是古希腊人攻陷特洛伊城后，伊利亚带一部人逃出来，经过漫长的漂泊，来到亚平宁半岛落脚，修筑了城堡，伊利亚当了国王。到第 15 代，国王被亲弟弟篡了位，王子被杀，公主被关进修道院的高塔不准成婚。但公主与战神马尔斯私订终身，生了一对双胞胎罗慕洛与勒莫。双胞胎长大后另筑新城，约定谁先看到天空飞过的秃鹰就以谁的名字命名新城。但兄弟俩都说自己先看到了鹰，争执不下，于是决斗，罗慕洛杀死了勒莫，从此罗慕洛读音便演化成"罗马"，变成这座古城的名称。这个传说在公元前 3 世纪已经基本定型而且流传开来。

意大利古代的几位知名历史学家，如李维、普鲁塔克对罗马建城的看法基本以此为依据。但后来的学者对这个传说提出了质疑，质疑起源于特洛伊战争是否真实存在，包括记录过这场战争的史诗《伊利亚特》《奥德赛》的作者荷马是否真实存在。没有了这场战争，没有了《伊利亚特》，又哪里有后来逃到亚平宁半岛建立新国家的事呢？

所以又有一些史学家认为，罗马城的建立与印欧语系的拉丁人、萨宾人进入意大利开辟多条商贸通道有关。"条条道路通罗马"，就指的这些商贸通道。其中通过罗马城七座山的商道比较重要，需要有人常住垭口开设关卡，物流在这些关卡滞留，渐渐形成了居民、市场、城堡，最后才形成了城市和国家。

前者毕竟是传说，后者反映出一种经济发展决定社区生活形态的历史唯物主义观点，我内心更为认同。历史不相信虚构的故事，但我不愿意也不忍心用严谨的历史去摧毁一座城市美好的记忆，姑且让它们在不同领域都存在着吧。我想追问的是，为什么这两种说法——一个人性化故事和一段族群迁徙，能够长期并存于一个民族的历史之中？所有的国家和民族，在它们的创世史诗中为什么都会有一种史实人格化和人性化的趋势？可能是因为远古缺乏文字记载，又缺乏对宏观史实的把握能力，无法确切表述宏大、复杂的历史变迁；而将历史个人化、人性化、人生化、故事化，则更亲近、更直观，可感受，也更便于传播、记忆、流布吧。这只是我的感受，未必科学。但它启发我们，历史缜密的科学性和文学想象的故事性是可以并行不悖、相互结合的。这种结合，有利于历史的传承普及。

中国司马迁写的《史记》独创了"本纪""世家""列传"等以人物分类为逻辑、为亮点来写历史的体例。文史不分家，一直成为中国写史的一种风格，它使中国的史学极大地营养了中国的文学，而中国的文学又极大地促进了史学的民族化、民众化，使历史之学给民族之根培了土。只可惜中国的历史故事与传说总还略显太正统、太正襟危坐、太煞有介事，这不但与中国封建社会礼教的汰选有关系，恐怕也和中国人固有文化人格中的拘谨有关系，虽然很有点遗憾，却实在是没有办法的事。

钢铁是怎样炼成的

人生最宝贵的是生命，生命对于每个人只有一次。一个人的生命应当这样度过：当他回忆往事的时候，他不致因虚度年华而悔恨，也不致因碌碌无为而羞愧；在临死的时候，他能够说："我的整个生命和全部精力，都已献给世界上最壮丽的事业——为人类的解放而斗争。"

——奥斯特洛夫斯基《钢铁是怎样炼成的》主人公保尔·柯察金

这段话，在网络时代、微信时代，不是人人都知道，甚至大多数年轻人都不知道了，但是在我们那一代，以及我之前之后的两三代人，保尔·柯察金的这段话可以说家喻户晓。许多人都可以背诵出来。在五四篝火晚会上，在团支部的组织生活会上，在父母教育孩子的饭桌上，在青少年的促膝谈心和聊天中，时不时就会提到这段话。

这段话把多少人引上革命之路，让多少人青春的生命点燃。它成为那个时代价值观的标志性话语。它甚至成为当时年轻人择偶的一个重要的精神坐标。

真想不到，我此生能够进到这部名著的气场之中，和记忆中的作家、英雄相逢，我的青春刹那间被激活了，不息追求、艰苦奋斗的理想主义被激活了。几十年来，我有过怠懒，有过消沉，有过浮躁，有过自私，也有过小小的贪婪，但当这段黄钟大吕的人生格言再度在心中响起，我发现自己心中的美丽和力量依然很是强大。

奥斯特洛夫斯基崇拜小说《牛虻》中的主人公亚瑟，决心做一个亚瑟那样的硬汉子、反抗者。年仅 15 岁的他为了救出自己的引路人，因赤手空拳打倒押运兵而被捕入狱，受尽了各种非人的折磨，获救后参加红军，编入布琼尼骑兵师，成为出色的战士。1920 年 16 岁时，他被炮弹炸伤头部和腹部，整整昏迷了 13 天，抢救生还后，右眼失明。伤势没有康复便要求重返前线，组织照顾他，派他去铁路工地搞共青团工作。他带领青年工人冒着零下 50 摄氏度的严寒修建铁路，连袜子也没有，赤脚穿一双漏水皮靴在冰天雪地中苦干，终于染上了严重的伤寒和肺炎。同志们以为他必死无疑，他却又一次战胜死神，站了起来。

他在 20 岁时参加了共产党，先后受命担任团地委和团州委书记，依然不分昼夜地工作，导致全身瘫痪，身体彻底垮了。他与妻子被安排到莫斯科、索契疗养。在首都一条静静的胡同里，在索契这个疗养的小楼中，开始了长篇小说《钢铁是怎样炼成的》的写作。

他浑身疼痛，几乎不能动弹，借助刻字版完成了开篇，细节、场面以及遣词用句全靠记忆，为此往往彻夜不眠，反复咏诵脑海中的句子。三年后，上下两卷长篇付梓，引起了极大反响。20 年间，仅在国内便用 43 种语言出版了3150 多次。他和他书中的主人公保尔·柯察金化为一个整体，鼓舞着无数青年读者。

他只活了 32 岁，生命质量却是沉甸甸的，以短暂的生命凝聚一个时代的精神，远远超越了当时阶级的斗争和意识形态的局限，成为真善美和生命力量的象征。对于具有精神追求和人生理想的人们，生命当然不是以财富和时间长度来计算的。

我上中学时，在南昌第一高中，听过"中国的保尔"吴运铎的报告。他为了给解放军试验炸药，毁坏了自己的身体，但坚强地拿起笔将自己的经历写出来，就是那部名为《把一切献给党》的作品。我们读着，内心升腾起要报效祖国、报效革命的强大精神力量。

更想不到的是，我上大学时竟然又成为中国另一位有保尔色彩的战士作者高玉宝的同学，他与妻子姜玉娥从人大附中进到新闻系。夫妻俩利用假期为学校修桌椅书架，饥饿时期挺身办食堂改善同学们的伙食。我虽比他高一班，但年龄小，一直视他为兄长、为人生楷模。

保尔、吴运铎、高玉宝、雷锋，使我们那一代有了和韩寒、郭敬明一代完全不同的青春。我祝福郭敬明的青春，但也不为我们那艰难、苍凉而激情喷发的青春悔恨。

岁月逝去，我们会遏制不住地苍老、衰弱，最后离开这个世界。生命还能留下什么呢？留给我们的不就是那么一点精神闪光，永存于后代的心中吗？

突厥人与狼

　　突厥是中亚民族的一个重要成分。突厥人最初居住在今天叶尼塞河的上游。公元5世纪左右，被亚洲北部大国柔然所迫，迁至阿尔泰山南面，沦为柔然的奴隶。近百年后的6世纪才获得独立，随后他们打败柔然，征服中亚，建立起幅员广阔的突厥汗国，势力一直扩展到蒙古高原。之后，国土又朝西扩展到波斯帝国边境。突厥汗国后来分为东突厥、西突厥和后突厥三部分。

　　到了11世纪和13世纪，西突厥人中的塞尔柱和奥斯曼两支部落先后迁徙到西亚，分别建立起庞大的塞尔柱帝国和奥斯曼帝国。他们在崛起的时候，军旗上绘着金色狼头，号称狼旗，并以狼作为民族的图腾。

　　"图腾"一词本源于印第安语，意思为"它的亲属""它的标记"。在原始人信仰中，常常认为某个氏族的人都源于某种特定的物种，或与某种动物有亲属关系，图腾信仰便与祖先崇拜渐渐融为一体。在许多图腾神话中，某种动物或植物成了这个民族最古老的祖先。他们崇拜本民族的图腾，并以它作为本氏族的名称和标志。像我们中华，远古也有以朱雀、牛、鱼、虾为图腾的后颉、神农、东夷、热海等部落，到了黄帝时代整合为龙图腾。

那么，突厥人为什么要选择狼这种凶悍的动物作为自己的图腾呢？

相关记载告诉了我们两个传说：

第一个传说，认为突厥人本是匈奴人的一支，姓阿史那。但是后来，这个匈奴支系被邻国所占领，整个部落尽被杀戮，剩下一个十岁的小男孩，士兵们不忍杀他，便砍掉他的双腿，弃于灌木丛中。有条牝狼出于母性的怜悯，用自己的乳汁和猎物的肉养大了这个男孩。男孩长大成人后，与牝狼结合怀了孩子。听说小男孩还活着，邻国国王又派人去杀死了他。牝狼却逃走了，来到高昌国北山的一个山洞，产下了十个男孩。他们长大后娶妻成家，各有一姓，阿史那即其中一姓。

第二个传说是，突厥人的祖先原先在匈奴之北的索国，首领名阿谤步，有兄弟十七人，皆生性愚痴，纷纷败落。只有一个叫伊质·泥师都的兄弟，为母狼所生，有特别的灵气，能够呼风唤雨。他娶了两个妻子，分别是夏神和冬神的女儿，一个妻子一胎便生了四个男孩，大儿子由于能关心部落人的疾苦，被大家奉为君主，国号为"突厥"。

　　以上两个传说内容稍有不同，却都认为狼是突厥人的祖先。在世界各民族的古代传说中，都说到过热心抚育人类幼儿的善良的动物，以后便将这种动物奉为自己的祖先而加以顶礼膜拜的故事。我想，这恐怕反映了远古时代人在大自然中生活，人与动物共居那种依稀的集体记忆，具有相当的真实性。由于那时没有文字的确切记载，这些集体记忆在代代口传的过程中，逐渐魔幻化、神圣化。而突厥人膜拜狼图腾，恐怕又与他们崇拜狼在荒原上顽强的生命力、物种竞争力以及刚强、坚毅、野性有关。他们希望狼的这些生命优势能够转化为自己种族的基因，帮助自己在残酷的生存竞争中强大起来。

　　很快就要离开土耳其，离开信仰伊斯兰的地区，而进入另一种文化风情——欧洲文明境地了。微风和水雾抚摸着阳光晒热了的皮肤，那么润泽。我对中亚、西亚开始忍不住自己的依恋。这里的大地，山崖褶皱层叠，沟壑伤疤深深。岁月啊，风啊，水啊，你们有多少爱和恨竟如此刻骨铭心呢？

"文化新丝路"的创意性

从传统西安到现代西安

西安这座城市拥有浓厚的历史文化积淀，如何融合千年帝都的底蕴，做到传统西安和现代西安的结合，我曾经用十二个字、三个结合来表述：

第一，新古分置。长安古城的物态留存，如钟楼、城墙、大雁塔等古建筑区域要和新城的建设分开，最好做到新古分置、新古分治。现在新古区域已经犬牙穿插，无法很明晰地做到今古分置，但老城圈里面的明清建筑、明代钟楼和唐元明的城墙要尽可能地保留下来。

第二，新质古貌。西安新城的建设，内在质地当然应该是现代的，不能因为西安是古城要保护就降低西安居民的生活质量，不能因为要保护就永远不去配备现代化宜居设施。这是不人性化的。城市外在风貌要保留古典风格，但城市的内在质地应该是非常现代化的，有各种现代化设备。

第三，新城古风。西安的物态建设质地要现代化，在精神层面上，文化价值观念也应是现代化的社会主义文化价值观念。但是这座汉唐古城的文化气质，应该较别的城市更古朴、更典雅，西安的市民也应该较别的城市的市民更具文化、更具古风。这是我们古城文化建设的重要特质。

西安城内大致有三个生存圈：西安城墙圈内外是古典生存圈，像甜水井、回民坊还基本保持着古典或准古典的生存状态，邻居街坊亲密接触，没有现代楼群里那种隔膜；二环、三环周边是现代生存圈，布设有高新区、经济开发区、大学，餐饮业、宾馆业也很发达，成为西安最具竞争力的、有青春气息的地方；第三个生存圈是关中环线，北到三原，东到渭南，西到西咸新区，南到秦岭，尤其是沿山一带，我定位为后现代生存圈。这里环境好，生活节奏慢，不是楼群密布之城，而是田园之城、山水之城，适合追求慢节奏的、闲适的人士在这里居住、工作、创新。

古典生存圈、现代生存圈、后现代生存圈，和前面所说的新古分置、新质古貌、新城古风，构成了传统西安和现代西安的特色。

"文化新丝路"是西安国际化都市的重新认定

秦始皇统一中国，创造了东方独有的制度文化。汉唐又具有开放融合的社会特点。以西安为起点，先后开辟了几条"丝绸之路"，勾连起了东亚、中原与西域、西亚。现在，国务院把西安和北京、上海定位为三个国际化大都会，其实也许是因为西安在古代已经是国际化大都会吧。

西安和罗马、雅典、开罗并称为世界四大古都，汉朝张骞、班超进行东西方交流比马可·波罗要早 1400 多年。到了唐代，顶峰时期的长安完全是一个开放的国际化大都市，市民中有十分之一是西域异族和异国人口，这是国际化大都会的重要标志。李白诗里有"笑入胡姬酒肆中"，鲜明地写照了那时长安街巷胡姬当垆、胡姬如花的国际化风情。大唐东市主要是达官贵人贵族的市场，而西市则主要是老百姓的贸易区，这里，从丝绸之路上由驼队运来的很多货物，都是现代所说的"舶来品"。西安还是世界佛教重建的中心，佛教起源于古印度、尼泊尔，传到中土和长安以后，经过中国文化的入世改造，长安成为佛教文化的世界性中心。

后来，中国的政治中心东移到开封、南京、杭州和北京，长安改称为西安，降格为省级首府，这就给人造成一种内陆城市的印象。西安自己也这么定位，这种误读使西安的国际性被忽略了。

现在我们来谈西安要成为"文化新丝路"的起点，先要认识到西安一度是国际化都市这一原有的文化平台，认识到西安最具唯一性和最具竞争力的就是西安是世界四大文化古都之一，而且还是古代东方唯一的国际化大都会。

　　找准了这个文化平台，就会发现有许多可做的国际化大项目，比方说西安和罗马的对话、兵马俑和吴哥窟的对话、兵马俑和世界其他七大奇迹的对话、被称为"东方金字塔群"的咸阳五陵塬和开罗金字塔的对话，等等，眼前会豁然开朗。

打造西安文化创意产业

　　过去西安的文化产业大体是资源主体性产业，主要是发掘脚下的这片黄土地的文化资源。我们有什么文化资源就做什么文化资产。这其实只能算是初级的文化市场。后来文化市场逐渐由资源主体性转化为产业主体性，即便这样，也还只能算第二个阶段、中端。文化产业第三个阶段、它的高端是资本主体性经济。不管资源在哪里，资本都可以注入，都可以做大做好做强。一旦进入资本主体性经济，资本和资源开始剥离。像美国人可以做我们的花木兰、功夫熊猫，深圳可以做全中国各民族的风情园，不见得是其本土的资源。这是文化产业、文化市场的高端，西安现在就有很多项目正在往这个阶段发展。

资本永远向利润最多的地方流动，资本无国界、无行业、无框架，一旦资本作为主体进入文化产业，一切都是可做的，即使现在没有最大利润，将来必有利润的最大化。怎样做好资本主体性市场中的文化产业，最重要的是创意。

现在是一个创意经济时代。因此在"文化新丝路"这个话题里，最重要的一点是要有战略性的文化创意。它不仅是策划一个具体项目，而是从政治、经济、文化、历史等宏观格局来定位全局、定位大项目。只有战略性的创意，才会对具体项目具有指导意义。

眼下大家都热衷于抢具体项目。项目只是实现大战略的一个段落。这种小眼光、小格局，极容易制约文化大创意。本应把创意放在至高无上的地位，因为它制定了方向、路线，是大点子，但它在文化产业链中又是报酬最低的，所以，现在有了创意入股的做法。

现在是影响力经济时代。影响力不完全是宣传，影响力本身就是产品，虚拟产品，品牌、时尚都属于影响力产品。在影响力经济时代，陕西要全力以赴，扩大我们文化产业的影响力。

现在是一个体验性经济时代。我们文化产业中个性化、体验性产品还很少。如旅游，大部分还是低端的、大众的、批量化的旅游项目，还属于"温饱性"旅游，即看稀罕、看热闹的旅游。今后，体验性的、个性化的、订单式的旅游将是潮流。西安不应错过机会。在一个新的思想解放时代，文化西安一定要迎头赶上。

文化强是一个系统工程

系统一：既要强调硬资源，也要强调软资源

我们常说的文化强主要是指陕西博大精深的历史文化、民间文化和红色文化。我们陕西是一个文化资源大省，但在文化产业、文化资金上，与文化大省的称号很不匹配，甚至在意识上，通常只谈硬资源而不谈软资源。其实文化资源有三种形态：一种是物态留存，比如兵马俑，可感觉、可触摸；一种是形态留存，比如有形而无物的陕北歌舞，各种民间风俗；另外还有神态留存，不可触摸却可见闻、可感觉的文化遗存，是无物、无形却有神的文化留存。某种程度上说，文化形态越具体的越短命，越抽象、越精神化的越长远。我们在这方面的挖掘不够，只注重了物态留存而忽视了其他两种。比如"与时并进"的改革开拓思维，这是毛泽东同志40多年前给佳县群众剧团的题词。过去只作为毛泽东同志关心老区文艺的一个例证，对"与时并进"的哲学文化学内涵和对社会实践的指导意义宣传不够，以致到30多年后党中央提出"与时俱进"的口号，我们才发现毛泽东同志早早就提出过这一理念，而我们多年来竟然没有发

掘弘扬它，用它去作为宣传本土的一种资源，不能不说是一个遗憾。

系统二：重视个体创造力，不忽略群体力量

文化强首先要强人，因为人是文化生产力的核心要素和主体。在这方面，我们不能只重视个体创造力，而忽略群体创造力，要改变文艺家个体强而群体弱的现象。陈忠实、贾平凹、刘文西、赵季平等个体在全国的影响毋庸置疑，但陕西文学艺术的群体出击力与他们的个体影响相比就明显有了差距，在这一点上我们就没有相邻的山西、河南做得好，我们仅仅偏重个体创造力的培养，而忽略了群体创造力的凝聚和培养，所以没有成大气候，因为单个人的力量总是有限的。为什么当年"文坛陕军东征"能一举获胜，就是由个体转化为群体，是"军"而不是"兵"。如果是个体，很可能就会丢盔卸甲。文化强要强人，陕西人的实力不弱，但整体没有达到应该达到的程度。因为我们只靠个人的作品去说话，而不靠经济、市场、策划去说话。因此我希望，陕西应该打造四支这样的队伍：第一，创作评论队伍。这支队伍现在已经有了。第二，我希望在两三年内，能对陕西文化策划人、文化经济人给予"陕西文艺大奖艺术成就奖"这样的大奖，对他们给予足够的重视。第三，建立起文化企业家、

营销家的队伍。拿我们的长安影视来说，它的《激情燃烧的岁月》最多宣传三年，而长安影视作为品牌则可以无限制地宣传下去。第四，建立现代文化管理者队伍。我们形成了这样四支队伍，最终才能形成陕西文化的大品牌。

系统三：不要把产业作为创作的尾巴

我们常常把产业作为创作的尾巴，认为文化强首先是作品强，这是一个很大的误区。世界上有很多地区，它们在文化资源的沙漠上，却建立起最强大的文化市场。像深圳的"中国民俗文化村"，那里面的东西没有一个是在深圳，但它们的产业做成了全国最大。还有上海京剧院的京剧《贞观盛事》，题材是陕西的，导演是从陕西到北京的陈薪伊，主演也是来自陕西的尚长荣，上海得了国家舞台艺术精品工程的精品剧目奖，陕西只有干瞪眼。我们要试着把产业和创作剥离，文化产业不一定要在文化创作的基础上，没有作品也一样可以做。美国的电影《花木兰》，四川的诗乐舞《大唐华章》，都不是它们本地的题材，却都做出了成绩。我们却一直为没有作品而苦恼。陕西在西部，是西北的中转站。我们为什么不去做青海的花儿、宁夏的花儿？为什么要用行政区划来约束文化的流动？这是很不科学的。

系统四：把文化由产业提升为市场

文化产业不等于文化市场，产品要和产业剥离，市场和产业也要剥离。市场不等于产业，它是产业的创造性延伸。产业只生产产品，而市场形成产品的物流，使它在流通过程中资本化、资金化、增值化。所以我们要走出以前那种重创作轻产业、重产业轻市场的误区。

市场可以在原产地做，也可以不在原产地做；可以由本地人做，也可以由外地人来做。我看了国歌的 MTV 后大致统计了一下，里面一共有 47 个画面，陕西的安塞腰鼓和壶口瀑布列入其中。这可以称为是中国的标志性文化景观，我们可以考虑由外地人来投资，而我们来收税。文化产品是"越用越增值"的。

文化的出售是虚拟出售。我们不是出售所有权，而是出售宣传权、经营权、包装权、有限使用权。我们还应勇于提出虚拟的出售历史、出售文化的观点。张贤亮出售镇北堡影视城的"荒凉"大获成功，我们完全可以模仿这种做法，把安塞腰鼓、陕北民歌做大，这对我们是大有好处的。只有跨地域、跨国界的融资，把文化由产业提升为市场，由文化产品的生产提升为资本运作，这样才能改变目前经营文化主要由国家拨款、文化扶贫的状态。

　　资本无疆界，文化市场也无疆界。文化不是消耗性产品，而是增值性产品。文化产品不怕别人用，反之，越用越值钱。文化强的问题是一个系统，只有把这个系统建立起来，再进行创造性的劳动，我们才能做到真正意义上的文化强。

国人的个人梦花开四季

中国梦是伟大的中华民族复兴之梦。积贫积弱五六百年，中华民族和每个中国人的心中都有着多少落后挨打的屈辱和创伤，民族复兴之梦的提出和实现过程，不仅会富强国家、振奋民族精神，更会在不同程度上为实现每个中国人的梦想打下坚实的基础，极大地激发炎黄子孙的民族自豪感和民族凝聚力，使一个受过伤的民族和每一个中国人的心灵创伤得到历史性的修复和平衡。从这个意义上，中国梦也就是个人梦的集结和凝聚。

民族复兴是中国人共同的梦，却不能穷尽、替代每个中国人的梦。有了民族复兴梦的先导和诱发，中国人的个人梦目前也正在次第开花。中国人已经乐于构筑并大胆诉说自己异彩纷呈的个人梦了。与以往相比，这些个人梦一反过去只是对民族梦、群体梦的简单重复或缩小、延展，显示出了异彩纷呈的、鲜明的时代特色——这便是当下化、个人化、内心化、青春化，以及某种程度的物质化趋势。这些新的趋势，从一个角度检测出了我国改革开放的深度，也验证了以人为本理念在整个社会实践的程度。

我们的梦想应有远大宏阔的愿景，也不能脱离中国人当下生活的实际状况。总是以远水解近渴甚至望梅止渴，已经不能满足今天的中国人了。今天的中国人早已经走出了用空泛的主义和精神来喂饱肚子的时代，他们的精神之花是真正要扎根在可知可感的当下生活土壤之中的。他们的个人梦大都是当下的甚至是相当物质化的：梦想一块可以劳作的土地，梦想有自己的住房和岗位，梦想有可以维持甚至保障自己温饱或小康生存的一点财富。他们更看重自己的梦想与自己当下生存状态的内在联系。这种联系越近越好。

我们的个人梦当然要反映并尽可能融入整个族群共同的理想，但有时候，群体不能完全替代个体，我们的"们"并不能解决我们的"我"的全部问题。每个人的人生追求与梦想都不一样，不一样的个人梦想才组成了民族梦的多样性和丰富性，才能为民族复兴之梦的实现输入强大的动力和执行力。个人梦与民族梦一致，当然会受到尊重，这毋庸置疑。个人梦与民族梦有距离、有区隔甚至不那么一致，是不是也要尊重呢？也要尊重。能不能尊重不同的梦想，是对我们民族和群体自信力的考验。个人的人生梦想，只要通过诚实劳动去实现，不妨碍社会、不妨碍他人，为什么不淡定包容呢？何况其中每每传达出来的独异的而又可贵的信息，会给我们提供许多启示和警示呢。一个族群、一个国家之所以强大，常常在于这种对各类独异个体的包容，善于汲取包括他们在内的所有人的智慧，尤其是善于汲取反向的和异向的智慧。

我们的中国梦是理想的，又是切实的，许多地方都可以分解、量化为具体指标。而在全民生活水平和文化素质日渐提高的新形势下，中国人的个人梦境也出现了日渐走向内心、走进不可量化的精神世界和感情世界的新趋势，特别是走进年轻一代活跃的内心生活。既看重国家的富强、物质生活的提高，更看重自己的感受、情绪的舒畅。要劳作的土地，更要栖心的家园。要居所，更要精神空间。要岗位，更要和谐的工作环境。要城市化，更要生态化。要传统文化的承续，更要外向的交流，接受世界最前沿的信息和思潮。要信念理想，更要自由地思考。希望创造的空间和休憩的空间同样广阔。要安全、快乐、幸福、美丽，有温馨的爱情和生命的活力。还要幽默风趣，甚至反讽嘲弄，甚至发点牢骚骂几句娘。中国人希望我们的中国成为一块活跃的、有生气的、永远年轻、永远能够更新自己的热土！

中国个人梦的这些新趋势，也许将会促进中华民族新的民族精神和文化人格的再造和重铸。

文艺，塑造好"中国形象"

随着中国在世界上的影响日益增长，随着国人民族自信心的日益增强，"中国形象"问题日益受到国内外瞩目。文艺创作对表现、塑造、传播"中国形象"负有重大责任，文艺家对表现、塑造、传播"中国形象"也愈来愈具有激情和自觉性。莫言荣获诺贝尔文学奖和近年来我国各文艺门类在世界的广泛传播、交流所引发的巨大反响，更将对这个问题的思考迫切地提到我们面前。

一

文艺塑造"中国形象"，首当其冲好像是题材问题，但又远不止是题材问题。像美术界全面策划的中国重大历史题材系列创作这一宏大的工程，是文艺表现"中国形象"一次空前自觉的行动。不少地方也策划、组织了类似的书画活动。但最后决定质量和效果的是创作、是作品，而不是题材和策划。在衡量作品时，首要的尺度是"中国之形"的表现程度，其实更是"中国之象"的表现程度，即体现了中国内在精神的意象、心象、理象乃至灵象、寓象。关仁山的小说《麦河》像贾平凹的《秦腔》一样，写出了乡土文化在中国流失、凋敝的当下景象，却没有沉湎于挽歌的哀怨，而是从新农村土地流转的试验中，将一段历史的终结转换为另一段历史的开端——应该说更准确地写出了当下乡村中国的形象，对中国当下农村的变迁有着更内在的把握。

我们把国内外通过文艺渠道了解今日之中国的欲求、审美把握，凝练为"三贴近"——贴近生活、贴近时代、贴近人民。这样一个倡导性的文化口号，已经日见成效。但是，不少反映了当下生活，却依然显得肤浅、平庸甚至轻浮、粗鄙的作品告诉我们，"三贴近"只是表现"中国形象"的一个正确的方向，一个必经的入口。能不能深入到"中国形象"的内里，是一个更为艰深的艺术课题，它需要对丰厚生活资源的长期积累、系统整合，需要对丰厚生活资源睿智地深度开掘、精致地艺术升华。

二

文艺塑造"中国形象"，重点当然是聚光现代中国人的日常生活、社会走向和文化样态，尤其要聚光新事物、新人格和新的文明形态。不过，如若我们的目光和笔触不能深入到中国几千年的文化进程中去开掘、解读当下生活、当下人格，便会显出一种浮萍般的浅薄来。

中国传统文化是谈"中国形象"绕不过去的话题，它是中国当下生活之源、当代人格之基。它的独特，它的优秀，它与同时代人类文明的隔空呼应和异向同步，甚至于它的弊病，无不遗落在今天中国人的血脉里。从某种意义上讲，今天的"中国形象"是从昨天脱胎出来的，它储存着世代中国人如何一步步承袭、变革、兴替昨天"中国形象"的文化编年史、心灵编年史、感情编年史。

《大秦帝国》的作者、陕人孙皓晖在他的学术著作《中国原生文明启示录》中，将中国五千年的文明史划为两大阶段：前三千年是原生文明期，是中华文明活跃的生成、定型的阶段；后两千年是积淀成熟期，中华文明在历史长河中不息地涌动发展。他对春秋战国时期百家争鸣的思想体系进行了分类，即：以法、兵、墨三家为轴心的创造型体系，构成中华民族"求变图存"的基础；以儒、道两家为轴心的守成型价值体系，是社会前进的制动器；以道家、荀子、名家为轴心的哲学思想，是中华文明的哲学阵地；以农、育、医、水、工各家为轴心的实业思想体系，是中国社会的生存价值体系。这个分析显示出，中国文化形象自古以来是多色彩、多运变的，它的丰富性匡正了往往仅以儒、道互补作为中华古典文化基本结构的固有印象。这种多源流的丰沛性，为今天中国形象、中国文化精神的多维发展奠定了基础，输送了复合性的养分。

从政治制度层面看，尧、舜、禹时代在世界首创了禅让制，在社会民意认可的基础上选贤。中国早期国家经历了部落大联盟（五帝）、邦联（夏、商、周）、文明涌动（春秋）、文明裂变（战国）等各种形态，最终跨越到秦帝国统一文明新的国家形态上来。这不也为从根性文化上解读中国当代社会发展和制度变革，提供了历史参照坐标吗？

当然，我们表现文化传统对"中国形象"的根性影响，同时也要审视传统中国人格中的劣根性，这正像我们在表现现代文明时，也不能不从现代性内部有可能滋生反人文、反生态的另一面，来审视中国当下的一些社会问题一样。霍布斯、福科都认为，现代文明的野蛮性不是外在的，而是"心魔"；中国人格中的某些劣根性，也是已经基因化的"心魔"。与这两类"心魔"的搏杀，是人类恒久的战争。

"中国形象"在漫长历史征途的不息地前行中增加着厚重感，中国精神在年深日久的酿造中有了酒的醇香度。

三

"中国形象"的内质是中国精神，是中华民族精神，但在创作中凝聚、表现中国精神时，文艺家的眼界和胸襟又不能局限于民族和地域，要从人类格局和生命坐标上来开掘"中国形象"的内涵。我们固然不赞同笼统抽象地谈什么"普世价值"，但作家、艺术家心中却不能没有普世的即人类的、天下的格局和情怀。我们要塑造的"中国形象"，是交流、开放中形成的人类形象的一个板块。体现并不断融汇人类优秀的文明成果、优秀的精神品质，正是中国精神、"中国形象"的一个重要方面。从这个意义上讲，"中国形象"群也正是"世界形象"群的一个不可或缺的重要组成部分。

中国古典文化的重要特点之一是"天圆地方"观念，它形成了中国人非常特殊的"天下"观念以及在天下观念基础上发展出来的那种世界图象。到了全球化时代的今天，这种天下观念如何转型为世界文明、人类文明的胸襟和思维至关重要。我们的目标既然已经不再是仅仅停留在一个民族国家的构建，而是建设一个对全球事务有重大影响的文明大国，我们的一言一行、所作所为就必须以人类文明为出发点，在全球话语体系中建立自己对人类文明独特的理解，并且发出自己的强音，用文艺打造自己的形象群。

整个人类所追求的理想境界，其实是被同一个太阳照耀着。只是各个民族、各个地域追寻的道路不同，常常在不同的云层下孜孜前行而已。我们常常容易忘记或者忽视，这不同的云层透射的其实都是同一个太阳的光辉。有时，当我们自信到自负，会产生一种错觉：好像唯有自己的文化云层最为美丽，把"愈是民族的，愈是世界的"这句名言推向极端，以"民族的"替代"世界的"，而排斥包容、开放、交融，将自己闭塞起来。这也许可以称为文化上的狭隘民族主义倾向。有时，当我们失去自信而惶惑，又会产生另一种错觉：自己的文化云层全是晦暗，只有逃离到别人的云层下，或者完全比照别人比如西方的要求来重构自己的、东方的云层，才会有出路。这就是被称为文化上的"东方主义"的那种倾向。

这两种倾向都不利于"中国形象"的塑造，都不足取。我们坚信的是，民族文化中的精华必然是世界的，并且正在不断成为世界文明宝库中的瑰宝；同时，世界文化中的精华又应该尽快、尽早转化成为民族的，融汇到我们的民族文化宝库中来。这个有机交融的过程，三十年来正在大幅加速。

四

说到"中国形象"，我们随即想到的可能是人文精神、文化价值、社会生活和承载这些东西的人物、故事。其实，"中国故事"远不纯然是社会故事，由于中国人特殊的"天人合一"自然观，它同时是"天人故事"，是今天所谓的"绿色故事""生态故事"，是中国古典自然观与现代生态观结合的故事和人物。

在英语中，生态学 ecology 的字头 eco，它的希腊文原意为"居所""家园"。这与中国人对生态（自然、天）的理解和感受惊人的一致。中国人心中的天，主要指自然之天，也指宗教之天、义理之天，指那些人类不可违拗、只可顺应的力量和规律。自然之天，是人类此岸的生存家园；宗教之天，是人类彼岸的理想家园；义理之天，则是人类理性的精神家园。故而可以说，中国人对"天"、对"生态家园"这类命题的理解，远较别的民族博大精深。

在中国人心目中，天与人一样，是有生命的。我们有些民族在春节或其他节日中，既给人送礼品、食品，也祭天地，给牛、给树送食品。天、人不但同构，而且同性、同情、同步。欧洲的文艺复兴，以"人本"取代"神本"，在人文主义基础上确立了人的崇高地位，为现代工业社会的出现开了路。但西方人文主义的极化和癌变，又导致了人类中心主义，导致了对自然、生态、环境的蔑视性开发和破坏。而在此之前一两千年，中国人就有了朴素的生文文化、天文文化、地文文化观念，并将其与人文文化融为四位一体的"天人合一"体系。这种中国式的"四文文化"，将天、地、生（动植物）作为人的对应物、价值物、象征物，融成了一个全维的生命系统。

人与自然相互对应、相互具有价值，也相互寄寓象征，这是中国山水诗、画和美文生成、流行并具有审美创造性之所在。"国破山河在，城春草木深。感时花溅泪，恨别鸟惊心"，杜甫将自然的枯荣、社会的兴亡，与诗人内心的生命苍凉融汇得简直天衣无缝。"江流天地外，山色有无中"，王维在物中写心，在无我中写我，在自然、社会与生命的审美三重奏中，显示出一种淡泊中的浓烈。而陶渊明一声"归去来兮，田园将芜，胡不归"的仰天长啸，更是声震古今，让我们这些现代人心旌摇动。陶令感喟的何止是古人，也包括后人，何止是土地上的田园，也包括心灵中的田园，是不是都快要荒芜了啊！

绿色的"中国形象"要寻找绿色的中国故事，更要展开绿色的中国生存方式和中国心态，还要探索绿色的文艺表述方式。毛泽东曾经在《沁园春·雪》中以秦皇、汉武、唐宗、宋祖、成吉思汗作为中国历史上的英雄典型推出，风气所及，我们的文学艺术热衷于描绘的也多是成功者、进击者的楷模形象。而构成"中国形象"很重要的另一面，比如老庄气质的人物，比如在节制和退却、忍让中求胜的人物，在无为而无不为中自洽的人物，反向正悟、静观玄览式的人物，以至淡泊者甚至失败者的形象，较为少见，写得成功的更是凤毛麟角。

从艺术上看，对自然风景的描绘和展示，甚至以环境作为焦点来表现人表现城乡生活，或者将人与境作为一个完整的生命系统来表现，都值得提倡。这既能显示作家、艺术家的绿色生存姿态和审美姿态，又能在作品所表现的拥挤的社会生活中，劈出一道道自然风光的空间，在密不透风的现代社会和斑斓的当代艺术中，营造出一种疏可走马的艺术境界、生命境界。若像柳宗元的山水散文、陶渊明和王维的诗、沈从文的小说，以及泰戈尔、叶赛宁、艾特玛托夫那样，当代文艺中的"中国形象"又会增添多少真趣和绿意。

五

说到这里，又一个问题便应运而生，这就是中国作家、艺术家的形象问题。作家、艺术家既是"中国形象"的艺术创作者，自身也是"中国形象"的承载者。文艺的社会影响力，决定了他们在"中国形象"中的权重远高于一般人。

作家、艺术家选择什么样的题材、人物、故事，怎样构思，如何开掘，用什么笔法表达，都无不与创作者的情怀、胸襟、气度、格调，即与他们的自身形象有关。逼仄的、沉滞的、陈旧的人生和艺术情怀，无法创造出体现"中国形象"的成功作品。如果我们的作家、艺术家能够注意在自己内心凝聚人类文明的光彩，凝聚中华文化和中华人格的精华，笔下自会氤氲出一种宽厚、温爱、博大而又不失深刻的气场。鲁迅以启蒙者的身影在旷野中、天地间孑然独行，发出屈原式追问和思考的形象；莫言坚持大生命视角，以独特的艺术感悟驾驭灵光飞溅语言的写作才情，不都是"中国形象"的一种体现吗？

延安文艺　精神永存

一

　　"延安文艺"作为一种文艺现象，一般特指从 1935 年 10 月中国工农红军经过二万五千里长征到达陕北至 1948 年春中国共产党中央离开陕北这 15 年中，以延安为中心包括陕甘宁边区和其他革命根据地在内的革命文学艺术。它不但在空间上超越了"延安"，在时间上也超越了"延安"。它早已成为一种文艺精神、文艺现象、文艺传统的代称，远远超越了那个特定的时空。

　　"延安文艺"是中国现代革命文艺全面奠基的时代，延安文艺座谈会可以说是这个时代最隆重的奠基礼，而毛泽东《在延安文艺座谈会上的讲话》则是指导中国现代革命文艺整个进程的元典思想。"延安文艺"不仅是中国现代革命文艺史的开篇和绪论，也是中国现代文化史乃至中国现代史极为重要的一章。

　　今年 5 月是毛泽东《在延安文艺座谈会上的讲话》发表 70 周年纪念。70 多年过去了，"延安文艺"在岁月的烟尘、时代的变迁和观念的革新中渐行渐远。随着众多亲历者的先后离世，抢救收集第一手原始资料，整理还原"延安文艺"本有的格局和情景，系统记述中国革命文艺洪流的形成和发展，以典籍的形态将这一非物质文化遗产保护下来，让"延安文艺"的活化石留存后世，已经刻不容缓，需要分秒必争。

太白文艺出版社精心组织权威团队，以巨量的工作、艰辛的劳动，及时编纂出版了这套《延安文艺档案》。全书由"延安音乐""延安文学""延安美术""延安影像""延安戏剧"5套丛书组成，共34卷、42册、1062万字、2300幅图版，几乎网罗了可以发掘到的关于"延安文艺"的全部资料。这部煌煌大著，使一段重要的历史存活于现世、镌刻于青史，实在是一件功德无量的事。

《延安文艺档案》，需要专家和读者积以时日的检验。笔者参与过此书的一些前期策划工作，很愿意将自己了解的情况和初步阅读的感觉，在这里与大家交流。

我感到，就撰著与编辑本身而言，这部书起码有如下四个特色：

真切而详尽的资料辑揽——除了原始档案资料、概述性和个人回忆资料，还加进了大量当事人的回忆文字与口述实录。回忆者自己有立场局限、视域局限、记忆局限和认识局限，编者在选择中对个人化倾向和当下现实坐标的影响都尽量淡化，尽量保持历史记录的客观、公正与宽容，保留那一时期艺术、文化甚至政治生活的原生复杂性。这就为读者、研究者留下了理解和感受的较大空间，也为切入历史深处留下了较多的缝隙和渠道，留下了较多的可能性。

原生而活态的历史再现——这套书在编撰风格上，注意了对"延安文艺"时期现存的史论分析和系统的研究成果，但更采用了大量老图片和亲历者真切的个人回忆来复现历史。由 2300 幅图版构成的场景再现视觉，与亲历者场景文字描述产生的联想视觉穿插交融，在读者心中引发了双重的形象展示，实现活态的历史再现。这是一种保存艺术文化"活化石"的辑史方式，给后代提供了可以通过文字阅读、音响聆听、影像直观和舞台展示，来感知体验"延安文艺"、继承弘扬延安精神的一种多维多途、多彩多姿的新认知方式。

"档案"风格的科学梳理——全书在整体的内容构思和结构设置上，体现出传统"档案"和现代信息整理的科学性、规范性、系统性。音乐、文学、美术、影像、戏剧五大板块全面涵盖了延安文艺的方方面面。每套丛书又大都由概论、史志、组织、作品、人物、期刊、重大活动与展览、演出以及物证（文物图版）、人证（口述实录回忆）组成，从各个角度和切点将原本呈自然态的、复杂交织着的延安文艺现象，做了有序的扒梳、理性的观照，为今后开展进一步的研究提供了丰腴的资料，打下坚实基础。

编纂群体的权威色彩——这套丛书聘请了以周巍峙、贺敬之为代表的延安时期的著名老文艺家为总顾问，他们是那个时代的亲历者，是"延安文艺"活的、原生的资料库。又聘请了王巨才、刘文西、赵季平、陈忠实、肖云儒、吴天明、李树声、梁茂春、陈彦、李继凯、陈飞龙等多年创作延安题材、研究延安文艺的文艺家、理论家担任主编、主笔和学术顾问，他们将自己在艺术实践和学术研究中多年积累的心得融进了字里行间。这个编纂群体的权威色彩，为丛书的质量提供了保证。

二

"延安文艺"产生于一个特定的时代，和一切历史文化现象一样，当然也会带着那个时代的一些局限性，譬如过度强调文艺为政治服务、为当下中心工作服务。但当这一切都是真诚地为着中华民族的生死存亡时，又得到了历史相当的宽容和民众广泛的认同。其实，如果我们不拘泥于表述的字面意义，而抓住它的精神实质，就可以鲜明地感到：毛泽东关于文艺要为抗日服务、无产阶级文艺是无产阶级整个革命事业的一部分等论断，实质上是提出了文艺的美学价值和社会使命辩证统一的科学命题。他指出，为艺术的艺术、超阶级的艺术、和政治功利社会相抵牾的艺术，实际上是不存在的，文艺总是自觉或不自觉地承担着一定的社会使命。文艺为先进的社会使命服务，不但不会损害它的美学价值，倒是会大大提高它的美学价值。这种服务越是自觉、越是艺术，文艺的美学价值就越能得到充分的实现。

而从更深的层次上看，"延安文艺"最值得重视的价值，在于它凝聚了"人民文艺"的基本精神。这一基本精神极大地超越了时代局限，成为中国文艺永恒的路标。我们不妨把"人民文艺"的基本精神简明地提炼为三句话，即：文艺来自人民生活，文艺要为人民服务，文艺家要和人民结合。——这是一条通过与人民结合达到为人民服务的文艺发展道路，这条道路是由"延安文艺"在实践中勘踏出来而由《讲话》在理论上总结出来的。这个永恒的命题，是"延安文艺"生命之所系，也是一切文艺生命之所系。不论时代如何发展、文艺如何变化，"人民文艺"这一基本精神是常青的。

1942 年 5 月毛泽东《在延安文艺座谈会上的讲话》，是"延安文艺"运动指导性和总结性的文件。他在这个讲话中开宗明义地指出，"我们的问题基本上是一个为群众的问题和一个如何为的问题"，我们的文艺应该成为人民文艺，"它应为全民族中百分之九十以上的工农劳苦民众服务，并逐渐成为他们的文化"。毛泽东从"延安文艺"运动鲜活的实践出发，从文学艺术的美学价值和社会使命入手，对历史实践主体与艺术创做主体的关系做了马克思主义的科学解答。人民是历史实践的主体，人民的选择是历史的最终选择，也是艺术的最终选择。文艺的美学价值最终体现为文艺在何种程度上反映了这一历史实践主体在历史进程中的业绩和主动性，以及他们在历史实践活动中表现出来的精神形象——性格、心理、感情、情绪等等。这既是作品社会价值的核心，也是作品艺术魅力的根由。

文艺如何将新的生活美转化为新的艺术美？"延安文艺"和《讲话》在理论和实践的结合上总结出一条唯物主义反映论的路子，这便是要求文艺工作者长期地、无条件地、全心全意地到工农兵群众中去，然后进入创作过程。欧阳山、柳青、李季等正是遵循这条路子，长期在农村、部队生活，和人民大众一道从事前无古人的社会实践，体察他们当家做主的心态和感情，才写出了《高干大》《种谷记》《王贵与李香香》等一大批塑造已经成为历史主人的新的工农兵形象的作品，开创了新的生活美转化为新的艺术美之先河。

文学艺术家作为创作主体，既是历史实践主体人民大众的一部分，又是以艺术劳动的分工来为人民大众整个历史创造活动服务的特殊的一部分。他们不仅应该是人民群众历史活动的书记员，更是历史实践主体美学形象的创造者、精神世界的发现者和传播者。人民的艺术形象，作为历史实践主体的艺术形象，能否在心灵的和审美的进程中确立，有赖于作家、艺术家的劳动。因而文艺归根结底要反映人民大众的生活和情绪。文艺的社会功能和美学价值就是这样辩证地统一在为历史实践主体——人民大众的服务上。

《讲话》进而提出，作家、艺术家要为人民大众服务，就有一个改变自己的立足点和思想感情的问题。艺术劳动既然需要创作者心灵和感情的大量投入，艺术创作主体和历史实践主体如果在思想感情和艺术趣味上差异很大、隔膜很大，要正确、深刻地传达他们的精神世界是很难的，要服务也是服务不好的。这样毛泽东提出了要改变文艺工作者对人民大众不熟不懂的状况，要深入生活和群众结合，学习他们，描写他们，同时教育他们和提高他们。

文艺来自人民生活，文艺要为人民服务，文艺家要和人民结合，——《讲话》紧紧抓住"人民"这一核心价值，由此出发，展开论述了文艺与革命、文艺与生活、普及与提高、作家世界观的改造、文艺批评标准等一系列问题，成为指导人民文艺发展的思想体系，引领了整个新民主主义革命和社会主义建设时期的人民文艺实践。这使"延安文艺"当之无愧地被誉为"中国当代人民文艺的渊薮和圭臬"。

历史上一切进步的、优秀的文艺作品，总是在不同程度上、以不同方式与人民的生活和人民的情绪保持着某种深刻的联系。由于历史和认识的局限，过去要在艺术实践和艺术理论上根本解决这一问题一直存在着难度。是马克思主义为根本解决这个问题提供了理论依据，马恩和列宁都在这方面做过明确而精到的论述。但在他们所处的时代，人民群众的文艺实践还不够丰厚，人民群众的文艺运动还没有兴起，经典作家的思想也就没有赶上和人民文艺的实践完美结合的历史机遇。"延安文艺"运动和毛泽东文艺思想的完美结合，使马克思主义的人民文艺观得到了创造性发展。《讲话》的理性精神通过大众化的"延安文艺"运动，转化为整个社会的艺术行为，在千百万老百姓的实践和心灵中开花结果，乃至造就了一个中国文艺的灿烂时代。

三

1957 年我第一次读《讲话》，记得当时最真切的感受便是它的开拓创新精神，便是它的察人之未察、言人之未言的勇气与风度，以及包蕴于其中的创造激情、思考穿透力和表述的鲜明与机智。以后每读一次，使我怦然心动的都是这种创新激情与开拓精神。1984 年，我将这种感受发展为理论文字。正是这种感受，激发了一个普通读者与那位伟大作者之间的共鸣和交流，点燃了潜藏于心的创造激情，拓宽了自己的眼界和胸襟，也诱使我进一步去探寻埋伏于《讲话》之中的开拓性思维结构和思维方法。多年来，关于《讲话》我发过不少言、写过不少文章，总是情不自禁地想谈这个题目。

每一项社会实践，每一种物质的、精神的产品，留给历史的都有好几个层次的内容。首先是实践的、物质的、理论的既在性内容，其次是含纳在某项社会实践或物质、精神成果中的结构性内容，再次是实践主体或创造主体固化在某项社会实践活动或物质、精神产品中的特有的情绪心理内容。

五四运动作为中国现代史上一次宏大的思想解放和革命实践运动，留给历史的不止是它所提出的"德先生"和"赛先生"的思想文化内容，反对卖国的"二十一条"、为中国共产党成立做准备的历史社会性内容，也含纳着一种启开精神枷锁、融会中西文化的思维结构、思维方法，还有启蒙救亡、铁肩担道义的人生激情。历史会一页页翻过去，但含蕴于其中的创造性思维和创造激情则会永远给人们以启示和激励。

我也是从这几个层次来理解"延安文艺"和《讲话》的。"延安文艺"和《讲话》留给历史的，既包含着毛泽东从"延安文艺"实践中提炼出来的一系列具有中国特色的马克思主义文艺思想观点和文艺方针政策，以及"延安文艺"的成功实践；也包含着毛泽东在提出、阐述他的观点时表现出来的开放性思维结构和创造性思维方法，以及流贯于"延安文艺"运动中的那种自由开放的、极富创造性的情绪状态。这几个层次，都是《讲话》留下的精神财富，在过去 70 年乃至今后，都会对我国的文化艺术深远地发挥作用。

在三个层次上，"延安文艺"和《讲话》的内在气质都是开放、开拓、创新的。

从既在性内容的层次看，"延安文艺"和《讲话》的历史首创精神和思想启蒙作用主要表现在两个方面：

一是对文学艺术的美学价值和社会使命的关系、对历史实践主体与艺术创作主体的关系，做了马克思主义的科学解答并用艺术实践做了验证。如前所述，这种解答是反映论的，又是辩证法的。古往今来，能够将这个众说纷纭的问题解答得如此深刻而又浅显，如此具有普世意义而又有中国特色，恐非"延安文艺"和《讲话》莫属。

二是从生活与艺术的关系入手，在理论与实践的结合上有力地促进了新的现实美转化为新的艺术美这一精神创造过程。

历史唯物主义者主张生活是艺术的源泉，美客观地存在于人类的社会生活之中。"延安文艺"和《讲话》反复强调并印证了这一观点。问题不止于此，当历史发展到了人民大众已经由被压迫被剥削者翻身做了主人，而且在革命根据地建立了自己的政权，开始有了自主的政治、经济、文化生活时，社会生活新的根本性的变化，必然产生新的美。如何将这种新的生活美（包括新的人物、新的精神面貌、新的社会实践和生活图画）转化为新的艺术美，是延安文艺工作者所面临的新课题，也是他们能以建立新的人民文艺为中国乃至世界文艺宝库做出新贡献的历史机遇。

四

从结构性内容这个层次看，"延安文艺"和《讲话》在文化结构、思维结构和思想方法上，多方面表现出创新和开放特色。

《讲话》在通篇的论述中体现出一种多维的文化结构和开放的思维结构。这不仅与毛泽东本人的文化构成和思维结构有关，也是延安文艺运动、延安文化人乃至我们党整个领导层文化构成和思维结构的一种聚光。

毛泽东有着深厚的中国文化功底，年轻时代又大量阅读了《天演论》《国富论》等西方哲学、经济学著作。青年时代这种中西文化交汇，在后来的革命生涯中升华为马克思主义与中国文化传统和革命现实斗争的结合。为准备《讲话》，毛泽东在延安文艺界做了大量的调查研究，研究中外哲学和美学，重读《鲁迅全集》，读俄国民主主义批评家"别、车、杜"（别林斯基、车尔尼雪夫斯基、杜勃罗留波夫）的论著。知识结构的多维给思维结构的开放以重大影响。所以在《讲话》前毛泽东就指出，我们不能光演边区创作的节目，也要演国统区的、外国的节目。他首先提议演《雷雨》，不久，《带枪的人》等不少中外名剧相继在延安上演。

从延安当时的文化环境来看，也是比较开放和重视融汇的。且不说"中国新文学运动是以西洋文学的输入而开始的"（周扬）这样一个五四以来就形成的大文化背景，就拿陕甘宁边区来说，文艺工作者相当一部分是从沦陷区、国统区聚汇而来，其中不少人在欧美和日本、东南亚学习或生活过，直接受过西方和东方文化的影响，他们构成边区传播和应用世界文化的重要因子。反法西斯战争的世界性决定了中国抗战文艺的世界性，延安是中国抗战文艺的中心，中国抗战文艺是世界反法西斯文艺的重要组成部分，这使"延安文艺"在精神上、题材上、艺术追求上与当时的世界文化有着血缘的联系。

这种开放的文化氛围和文化结构，是《讲话》唯物辩证法理论建构和思维方法的重要成因之一。毛泽东从中国社会和文艺的实际出发，紧紧抓住文艺与人民的关系这个主要矛盾，以此为立足点来解决其他问题，在论述各种问题时又总是在两种或多种要素的结合中来建构理论框架。比如对文艺观，既谈"人民文艺"主旨和现实社会问题，又谈文艺的特殊规律；对文艺的发展，既谈普及又谈提高；对文化遗产，既谈继承又谈批判；对外国文化，既谈取精又谈去糟。

《讲话》不只是一般地谈多种因素的结合，还具体分析各种因素交互作用的矛盾运动过程，也指出各种因素在结合过程中可能产生的不平衡状态。比如，强调现阶段中国文化不是封建的或殖民地的文化，也不是社会主义文化，而是"无产阶级领导的人民大众的反帝反封建的文化"，即新民主主义文化。它首先是为工农兵服务的，同时也把城市小资产阶级劳动群众和知识分子包括在服务对象中。它既批判了"宁要大众不要艺术"、强调政治忽略艺术的观点，又批评了强调艺术否定政治、主张"艺术至上"或"为艺术而艺术"的观点。这就抵制了"左"的和"右"的倾向。

《讲话》认为为人民服务的方向和艺术创作的规律是一致的，因而重视文学艺术的美学意义，强调文艺的典型化原则，主张对中国和外国丰富的遗产和优良传统要继承、借鉴、为我所用。《讲话》明确指出，革命文艺家要学习马克思主义，但"学习马克思主义是要我们用辩证唯物论和历史唯物论的观点去观察世界、观察社会、观察文学艺术，而不是要我们在文艺作品中写哲学讲义。马克思主义只能包括而不能代替物理科学中的原子论、电子论"。这里，既反对苏联拉普派那样简单地用辩证唯物主义世界观代替文艺创作方法，又批评了否定世界观对创作的指导作用的倾向。《讲话》反复强调革命文艺是人民生活在革命作家头脑中反映的产物，既重视作品的客观性（"人民生活"），又重视作家的主体性（"作家头脑"）。也正是由此出发，毛泽东强调了作家深入生活（客体）和改造世界观（主体）的同等重要性，等等，无不充满了辩证法。

五

从情绪性内容层次看，在"延安文艺"和《讲话》中，鲜明地流贯着一种思想启蒙者、精神解放者和文化开拓者那种自由、自主、自信的精神状态和情绪状态。这种情绪状态是一切历史进步期和社会上升期的主流精神状态，也是一切创造者、拼搏者的主流精神状态。它会超越具体的行业、具体的时代、具体的历史实践，对人类生命和每个人的生命起引燃、激扬作用。

毛泽东是五四运动——中国现代史上第一次思想解放运动的参与者，在这次思想解放运动中，冲决封建的思想牢笼，产生了李大钊、陈独秀、鲁迅等一大批思想先驱。作为他们年轻的战友，毛泽东是在那一代思想启蒙者和开拓者的精神氛围中成长起来的，而且在以后的革命实践中发育和成熟了自己精神创造者的心态。延安时期是中国现代史上的第二次思想解放运动。毛泽东是这次思想解放运动的发动者和引领者。这次思想解放运动使中国革命从王明为代表的教条主义束缚下解放出来，确立了毛泽东思想在中国革命运动和文化艺术发展进程中的历史地位。《讲话》与先后发表的《反对党八股》《新民主主义论》等著作，以及活跃的边区文艺运动，所表现出来的磅礴气度和创造激情，使我们能将潜藏在其中的情绪性内容和第二次思想解放运动的博大精神气度交融为一体，那么真切地感受到了一个新历史时代的脉搏——

那是敢于面对新的现实，鲜明地提出新问题，创造性地解决新问题，开拓新的思考路子、理论路子和实践路子的创新意识；

那是善于抓住机遇，从社会的整体环境和宏观格局中，借助历史推力，果断解决某一方面问题的历史智慧；

那是在广泛深入的调查研究、平等真挚的讨论讨教中，在传统、现实、未来的交集中，集思广益、博采众长，凝聚新思路的开放融汇精神；

那是重视理论与实践相结合，并能迅即将启蒙的思考转化为广大民众的共识，转化为社会实践行为，转化为新的文化艺术模式，而进入历史的文化实践力、执行力；

那是论者和实践者在从事精神创造时，能够充分发挥自己的创造素质和潜力，而进入一种自如、自信、自主的最佳精神状态；

中国作风、中国气派、中国智慧，创新的内容、创新的思维、创新的激情——这就是我们从"延安文艺"和《讲话》中强烈感受到的。

六

当我们谈到要坚持、发扬"延安文艺"传统和《讲话》精神，开创社会主义文艺新局面时，有句大家常说的话，这就是：坚持是发展的基础，发展是坚持的保证。这当然对。也许需要补充的是，"发展"也许本来就是"坚持"的题中之义。坚持它的基本精神，既包括坚持它富于历史首创精神的既在性内容，也包括坚持它多维开放的结构性内容，更包括它自由创造、积极开拓的情绪性内容。坚持《讲话》的基本原则，就包括坚持它的创造、开拓精神。这也就是坚持发展。发展才能证明它永恒的生命力，才能更好地坚持。如果以坚持《讲话》的基本精神为理由，最后导致了对文艺创作这样那样的束缚，是不是从根本上违背了《讲话》的精神呢？

历史发展到今天，我们的文艺面临着全方位发展、创新的历史新课题。"延安文艺"和《讲话》关于"人民文艺"观的三大要点（文艺来自人民生活，文艺要为人民服务，文艺家要和人民结合）所涉及的六个主题词："文艺""文艺家""人民""人民生活""服务""结合"，几经历史性变迁，内涵有了极大的丰富和发展。"人民"的内容变了，"人民生活"（包括精神生活）的内容和形式变了，"文艺"的面貌也变了，"文艺家"的思想艺术素养变了，文艺为人民服务的路子宽了，文艺家与人民结合的目的、任务、方法、手段也丰富多样了。在这每一个变化中，都有着创新、拓展的广阔天地。

　　而且，现代人知识构成的变化和现代科学特别是思维科学的发展，既印证了也极大地丰富了马列主义的认识论和辩证法，使我们思考各类文艺问题有了更好的条件。改革开放以来，第三次思想解放运动蓬勃兴起，奉实践为检验真理的标准，在邓小平理论和科学发展观的指导下，现代市场经济引发了社会生活的深刻变化，引发了政治、文化和价值观念的深刻变化，中华民族更是进入了一个历史上前所未有的物质生产力和精神生产力大解放的新时期，这为我们继承发扬"延安文艺"和《讲话》的基本精神提供了最好的历史机遇和社会环境。我们要不辜负时代的要求，承担起这一历史责任。

60 年陕西文学的贡献

谈到 60 年的陕西文学，一系列熟悉的作品和人物形象，一系列师友熟悉的身影，还有这些作品背后一系列的社会现象、心理现象、感情现象，就会在脑海里"过电影"。陕西文学的 60 年，像长长的阶梯，阶梯上行走着成百上千个作家、评论家和文学活动家。放到文学史长河中，这也是非常美丽的一段水景。

一

回顾陕西文学 60 年给我们留下的传统，我觉得最重要的有三点：

第一点，在艺术创作上，执着的、开放的、贯穿始终的现实主义追求，构成了陕西文学总的特点。为什么说执着？一直到现在，文学多向发展到当下这个样子，陕西文学的主流依然是现实主义，这是几代作家的执着。为什么说开放？陕西的现实主义追求是一种开放结构，不断容纳各种新东西，在现实主义大地上构成了多姿多彩的风景。

有真诚的革命现实主义。这就是柯仲平、柳青、杜鹏程、王汶石、李若冰的革命现实主义。我加一个"真诚",是指不包括"文革"前后虚假的革命现实主义。这些具有真诚品格和革命情怀的作品,构成了中国革命现实主义一个极有历史价值的板块。对合作化运动的历史评价尽管变了,但《创业史》所记录的那个时期中国农村的社会情绪和心理却有恒久的审美价值。

有地道的乡土现实主义。像早期的陈忠实、贾平凹和邹志安、京夫、冯积歧。乡土现实主义更多从农村生活和乡土风情出发,将草根人群的生存状态转化为审美形态。

有深邃的文化现实主义。到 90 年代,相当一部分作家从乡土现实主义出发,进入了文化现实主义的深邃追求。像陈忠实,拿他早期的短篇和《白鹿原》相比,根本的区别正是由乡土现实向文化现实的提升。像贾平凹,起步之后很快便开始聚焦社会情绪,将社会情绪典型化,进入了文化现实主义境界。

有浪漫的诗性现实主义。比如高建群、红柯,他们明显地区别于乡土现实主义,带有西部独有的浪漫情怀和诗性追求。但不管红柯还是建群都不否认自己走的还是现实主义路子。他们是用诗性现实主义的方式去描述现实中更具浪漫情怀的一群。

还有开放的现代现实主义。包括那些反映城市风情、现代生存的小说，现代色彩很浓的诗歌，以及部分网络文学作品，都构成了现代现实主义的交响，出现了一种百花齐放的局面。

现实主义文学在陕西这个地方，永远不断流，永远在更新，一次一次实现了高层次回归。陕西是中国文学的重镇，尤其是文学的现实主义重镇，是现实主义的领军之地。

第二点，从作协工作看，陕西作家队伍的培养和构成，为全国提供了普遍性经验，这便是从草根中、从平民中、从一线的社会劳动者和文学劳动者中选拔作家。若没有这样的经历怎么办呢？补课，去当基层干部，投身于生活的旋涡之中。选上来，派下去，让作家长期浸泡在民众的生存和社会的实践中。这点"文革"前后一直坚持下来。柳青去长安任县委副书记，定居皇甫13年；杜鹏程去宝成铁路任宣传部副部长，夜走灵官峡；路遥在铜川煤矿挂职，平凹任商洛文化局副局长，陈忠实从基层来又回到基层；年轻的如周暄璞，当过好几年售票员，对城市底层生活该有多少体验？对人生有切身的感性体验，又有富集的社会信息，这样的人来当作家，就是王国维说的、柳青一再强调的"不隔"。有位作家当了几年县委副书记，回来说："在县上开一次常委会，对社会和人生的认识、感受，比在作协住一年都强烈。"这就是我们培养文学人才的思维，也是我们给中国文学提供的经验。

第三点，从文学环境看，陕西的文学审美氛围浓郁，文学从业者有着比较高的社会地位。这是陕西文学能够繁荣的重要基础。文学在当代被一次次边缘化，陕西还能有这样的社会认可度，时不时便成为社会关注的焦点，真不容易。

以上三点是我们陕西文学 60 年来在全国文学格局中的特点。

二

陕西的当代文学作品，尤其是长篇小说，缀连起来看，比较完整地反映了新中国成立前后的社会历史进程，尤其是中华民族的心路历程。对新中国社会发展和民族进步的心路历程做美学的记录，是陕西文学作品谱系一个很重要的特点。

从心路历程来看，《白鹿原》写了什么呢？写的是一个新国家诞生前晦暗的历史文化背景。它以深沉的透析写出了新社会诞生的历史必然性和文化必然性。它贯穿着一个潜台词，这个潜台词是一种社会的、民众的情绪，就是这个社会要变、要更新，再不能这么下去了。类似俄罗斯萧索时期的文学如托尔斯泰、契诃夫的作品，从社会心灵的苦难中发掘、呼唤新的曙光。

　　《保卫延安》写了什么？写了为新中国奋斗的英雄群体和全体军民那种昂奋向上的情绪，我们从中感觉到了中华民族在迎接新生命诞生时生命的喷薄和感情的激越。到现在为止，很少有人把民族激情表达得像《保卫延安》这么有分量。

　　《平凡的世界》写了什么？它记录了"文革"之后，中国人要改变既有生存状态的强烈愿望，孙少安兄弟再不愿也不能像祖辈那样生活下去了。路遥笔下所有的主人公都有这种强烈愿望，就是要告别原有的生存方式，进入一个新的生存方式。这是改革开放之后整个民族最强烈的愿望，它是一种呼唤改革的民族心愿。

　　贾平凹的《浮躁》也聚焦到时代情绪上，着意写出了改革开放初始时那种急切心理和浮躁情绪。这是后来"浮躁"成为一个关键词、一个流行语的深层原因。但换个角度，也写出了一种急切之情，国家不能不变，急着要变，有些浮躁也便不可避免，也便可以理解。

　　然后，邹志安的《乡村爱情探索》三部曲，是一曲改革开放进程中农村风情的奏鸣曲，明朗、犀利而幽默，字里行间跳荡着历史变迁之后，中国新农村那种欢跃的情绪信息。我们听到了农村的笑声。

　　贾平凹的《废都》着意表现的是一个民族经历浮躁之后，社会变革与人文心态之间的错位。社会进入了现代市场经济，知识人的人文心态还没有跟上，这种错位导致内心的失落和颓废，甚至使他们成为精神漂泊者。作家捕捉到了特定历史时期的这种叫作"颓废"的社会情绪。然后是改革开放逐渐走向成熟，不管是悲是喜、是甜是苦，农村的变化已成为历史事实，在《秦腔》和《高兴》中我们听到了农村和农民工拌和着眼泪的笑声。

把当代陕西的部分重要作品这样缀连下来，可以看出陕西作家充分而成熟的现实主义精神，它们是如此完整地描绘出新中国成立前后60年的心路历程。

三

对陕西文学今后的发展，我想说两点希望：

一是要拓展国际视野与现代眼光。这方面，我们还有很长的路要走。陕西对现实主义的执着和坚定，从另一个向度上局限了现代意识的拓展。其实陕西的大家都有宽阔的国际视野与现代眼光。陈忠实写《白鹿原》前，一是到家乡发掘素材，检索摘抄地方史志；一是读外国名著，做笔记，触发与本土文化的融汇，才进入创作的。读贾平凹的文字，我们直接感受到的是中国美文传统的创造转型，其实在他的冷幽默和随手拈来的比喻深处，有许多现代主义、象征主义的光彩。陕西作为文学大省，"大"的表现之一就是大视野，大文化视野和国际视野。我们不能满足于再自己和自己比、自己和自己学，应该有国际视野。这种国际视野一定会冲击原有的审美心态和思维定式，迸发新的灵感、新的构思、新的句子。

二是要更加丰富文学生态。我们的小说雄居榜首，长篇小说更是风头尽出。散文在全国也很有地位，但是对散文和诗歌的重视和舆论关注还不够。比如中华人民共和国六十周年大庆前后媒体对全省文学的排行榜单几乎全部是小说，我们不是没有能拿出去的散文大家。我们的诗歌也更需要扶持。诗歌对小说、散文，对整个文学创作非常重要。平凹、红柯、刘成章，还有上一代的魏钢焰，都是写过诗的。没有诗性，没有对语言句子的提炼，哪有精彩的小说散文？也不要瞧不起儿童文学和报告文学，它们在培养下一代和为现实服务方面的功能非常重要，值得尊重。应该逐步地使我们的文学生态更加合理起来，这有利于文学的可持续发展，也有利于丰富民众的文学生活。

延安时期陕北民间文艺爆炸式的繁荣与提升

　　从文化史上来看，一个地域或者一个历史时期的民间文艺能够产生爆炸式的传播和影响是有一种规律的，这种规律就是三种文化力量的合流：一个是坊间，这就是民间艺术（民风、民俗、民间艺术、坊间艺术，也包括乡村艺术）；一个就是精英，叫山林，知识分子的创作；一个叫庙堂，庙堂提倡的是当局或者主流意识形态。

　　这三个文化板块有的时候是结合的。像五四运动的很多东西之所以流产，跟他的"赵家楼"事件没有跟坊间、民间结合引发更大范围的响应是有关系的，所以后来杨沫写了《青春之歌》，企图用林道静这个形象来衔接五四运动的文化成果跟民间运动的关系。这是第一。

　　第二，主流意识形态提倡的东西，有时也与民间、与知识分子隔离，尤其是与知识分子产生在板块上的隔离。到了一个特定的时候，一个像陕北这样的民间艺术、民间风俗、民间文化非常丰厚的地方，也可能是作为陕北当年生活贫瘠的精神补充，我们到陕北九曲，那个秧歌看得我们每每就乐而忘返，每每就认同了陕北就是我的艺术家乡和精神家乡，尽管我不是陕北人。这么一块丰厚的土壤，如果没有新文化运动的成果性的人物的介入，它就不容易提升。如果没有毛主席在延安13年用一种党和革命的力量来提倡和推广，也不可能产生这么大的影响。

陕北的民间艺术就遇到了这么一个最好的历史时期，肥沃的土壤、丰厚的矿藏，正好来了毛泽东。毛泽东当时的指导思想是需要两手都要硬，一个武化的军队，一个文化的军队，也出于我们党和红军、八路军要跟当地老百姓在精神上融合这样一个政治目的，也出于鼓舞革命，需要陕北文化融到我们的革命火花中间去；而同时恰好一二·九运动之后，抗日战争期间大批国统区的知识分子奔赴延安，最出色的一批包括诗人艾青、作家丁玲、画家张清、文学家陈学昭、音乐家冼星海，等等。我在1992年曾经拍过一部片子叫《长青的五月》，走访过参加过延安文艺座谈会、还活着的60多个人，当时阿甲等一大批戏曲家、文学家、艺术家，从国统区奔向光明，来到宝塔山下。还有像陈学昭是从法国穿着高跟鞋、旗袍来找董必武，说"我要到延安去"。这样一个背景与中国共产党对于文化的重视和提倡，以及陕北这块丰腴的民间文化土壤，在这个特定的历史时期融汇到一起。因此出现了一个爆发式的突变，以至于到60年后、70年后的今天，陕北民歌、陕北秧歌都不是一种地域化的代名词，而是中国文化的代名词。

我们的国歌里面大概有50多个镜头，有天安门、有长城，陕西好像就是兵马俑跟安塞腰鼓，那就是陕北舞蹈啊。它是我们国家的象征元素之一，陕北民间艺术就这样由一种地域文化的标志——像黄土地一样，黄土地现在也是一个文化概念——变为我们民族文化的代词，一个指代。所以我觉得在理论上来讲它遇到了这么一个千载难逢的机遇。第二个从情况上来讲，在延安文艺座谈会之后，新秧歌运动迅速普及，所有的主要村镇都有了秧歌队。陕北1500个秧歌队，那时候陕甘宁边区加起来一共不足300万人，参加秧歌运动的达到800万人次，这个人次远远超过总人数。新秧歌运动出了一大批像《兄妹开荒》《牛二贵参军》等的好节目。韩起祥、李博、李增路，榆林的溜溜蛋、水上漂（一个男的跳着舞像水上漂一样），这样一大批著名的民间艺术家跟着他们的作品就开始传承，当时经过知识分子改造的民间艺术《兄妹开荒》红到"咱今天晚上干甚？看王大化去（主演王大化）！"就跟我们现在说看梅兰芳去、听王菲去一样。王大化就那样的深入人心。有个资料谈到，演《牛二贵参军》时，演到二流子不会劳动，套牲口总套不到上面，下面的老农就上来，说："俺来给你套！"就是台上台下那种融合，生活跟艺术的那种无间，我觉得是很感动人的。后来马可编了陕北秧歌的很多书。陕北的剪纸原来就很发达。我们人生的理想，用最吉祥的东西剪到我们的窗子上，也给那片黄土地增加一些亮色，后来又糅进了五角星等，现在已经构成陕北窑洞的必备符号，这是原来没有的，这就是那个年代传下来的。像陕北的民间音乐，李焕之、刘恒之、刘炽都是我们西安的，编了大量的陕北音乐集、秦腔集、各种各样的陕北民歌集。而且刘炽就是在陕北民歌的基础上，创作了一大批脍炙人口的乐曲，流传在整个中国。刘炽我们没有给他足够的评价。我认为刘炽是第一个在世时就在音乐史上当之无愧地享有盛名的音乐家。我们的哀乐，我们的《一条大河》，我们那个《红旗颂》，我们多少歌都是刘炽写的，那么优美。哀乐，刘炽自己都说了，是陕北白喜事里边的主乐段，他拿来发展了。陕北的民间艺术剪纸丰富了绘画和木刻，音乐丰富了刘炽和刘恒之的创作，冼星海的《黄河大合唱》里边也有陕北旋律的辉映，所以我觉得陕北民歌抓住那样一个难得的历史机遇，三股文化元素一汇集，产生了爆发式的影响，使地域文化变成了我们国家和民族文化的元素。很长一段时间包括现在，很多外国人认为陕西就是陕北高原，分不清楚。他们不了解是一个原因，另一个很重要的原因就是陕北文化已经取代了整个黄土地文化，它作为一个标志，包括陕甘宁，包括燕北，这一块都被陕北所取代。这就是陕北民俗文化的一种历史上很少有的奇观，这么瑰丽，这么辉煌，而且延续的寿命这么长。

从祭祀黄帝的风俗看民间风俗的意义

最后谈一谈从祭祀黄帝的风俗看民间风俗的意义。

我曾经思考过文化的传承动力，文化传承靠什么动力？当然有多种动力，像一个电缆一样，里面有很多股。一种是理性教育传承，读四书五经；一种是道德行为规范的传承，要你这样干，不要你那样干；一种就是民俗、风习，民间艺术传承。在这三种传承里边，民俗传承有一个特点，是把中国文化和中国道德、中国礼教形式化、仪式化、典礼化。有时候一个内容没有一种恰当的形式传承，那么内容就会被湮灭；有的时候内容找到了恰当的形式，形式就成为内容，这个形式传承下去了，内容就捎带着传下去了。我觉得民俗风习祭祖、祭祀黄陵就是这样一种状况。它把中国的家族文化传统、家国同构精神、伦理文化的这种传统，都凝结在一种特定的祭祀典礼和仪式上，后来我们就不需要教育，不需要耳提面命地教导说：孩子啊，你一定要感恩啊，一定不要忘记过去！你直接去祭祖就对了，有这个行为，参加了这个典礼，在那个群体所营造的气氛中，从心灵的最深处点燃了百善孝为先，从孝的、祭祖的这个层面点燃了人类心里隐秘之处的各种美好的东西，我觉得这是民间风俗的一个重要的作用。所以梁漱溟先生在研究中国乡村运动的时候说过，中国国家的稳定有赖于社会基层的稳定，而社会基层的稳定并不是统治阶级的权力制约的结果，而是礼教和风俗的作用。他把那个权力制约、道德律条都化作风俗，化为典礼。当我们全民族在祭祀黄陵的时候，我们要看到全国每一个家庭都在祭祖。所以黄帝陵是一个窗口，是我们民族的祭祖。这个窗口背后有亿万个窗口，我们能够窥探到中华民族家族里面对于先祖的怀念、传承。通过这样一种传承把道德、精神、文化继承下来。所以黄帝陵祭祖实际上也不是当年黄帝那个时代的祭祖，那个年代很简朴，有九五之尊，黄帝是一个三者合一的文化形象。他首先是我们家族的先祖、人文初祖，是我们民族的老祖宗。中华民族是多民族国家。在世界多民族国家中，在文化上有认同的、有共祖的，中华民族是一个，这是中华民族能够统一的一个很基本的原因。他也是帝王的象征、权力的象征。第一，他是血统象征；第二，他是权力象征；第三，他又是各种文化的象征者、组合者；因此他实际上是彼岸的文化理想的象征。所以我们在祭黄帝的时候是有多重含义的，既是祭祖，又是祭拜一种漂浮在我们精神上的一种理想、一种彼岸。

所以祭祀黄帝的那些仪式后来都在分层、分面，比如我们到了民间，小神可能就不是九鼎了，是七鼎、五鼎，到了家里就是一个香炉，插三根香，一点果品，简化了，但是那个仪式、风俗都是一样的。正是因为祭祖这样一种仪式，使得中华民族有着一种超强的凝聚力，我们说村舍文化、家族文化，在相当一个程度上，地域认同、血缘认同是非常重的凝聚力。另外我们还有一些祭祀和节日，民俗风情也是凝聚我们民族、反映我们中华文化传统观念的。比如清明，每家每户去祭祖，黄帝也是在清明祭的。其实以前清明是祭春的，春天来了我们可以沐浴、踏歌、踏青，柳树发芽了，在唐代那个开放的时代，在树林子里面少男少女就可以谈恋爱了。端午现在祭祀屈原，当然都是有道理的，但是其实也是祭夏的，迎接夏天的，迎接一个新的季节的到来。在夏天到来的时候，南方百越族要给先祖祭告夏天来了，稻谷很快就要收了。到了秋天是祭月的、祭秋的，正好月是圆的，所以中秋我们要团圆。到了春节，更是向祖先告祭我们这一年的收获和来年的憧憬。所有这些节日都反映了我们天人合一的关系，什么都要祭告上苍、祭告先祖，对上苍的崇敬，对祖先的崇敬，构成中华民族精神和道德的两条中心轴，所以我觉得它都反映了这样一些观念。现代以来对最古老的民俗文化的研究成为非常前沿的、前卫的学科，对民俗文化进行各种各样现代文化学和传播学的解读，发现这里边文化信息量是那么多。

可以这么说，延安文艺座谈会的基本精神，马克思主义的反映论和不断创造的精神，还有文艺功能的相当一部分精神，构成了新中国整个文艺的基石。第一次文代会，就是国统区的进步文艺和延安文艺的会师，第一次文代会把《讲话》作为学习的对象，我们一直到最近中央关于文化体制改革的文件里所谈的文艺创作、文化创造的基本精神还是在延安文艺座谈会讲话基础上形成的，所以我觉得延安文艺座谈会讲话应该算作贯穿我们共和国文化领导、文化实践、文化创造的一个最基本的东西，但同时我想补充一句，共和国在自己的实践中，特别在改革开放的实践中，又对延安文艺座谈会的精神做新的发展、拓展和延伸，比如邓小平同志就明确地提出过"为政治服务以后再不提了，我们只是说文艺不能脱离政治，文艺应该为人民大众服务"，这就是在新时期我们的思维更开放了，但是文艺为人民大众服务依然是延安文艺座谈会讲话的基本精神。

论"长安画派"的艺术精神

一

"长安画派"作为一个全国认可、倍受赞誉的美术流派,从1961 年诞生至今,已经迎来它的五十大寿。半个世纪以来,它的艺术主张和实践方式,它的文化意蕴和历史地位,它的代表性人物、代表性作品、艺术价值一再提升,社会影响不断光大,长久地聚焦着大家的目光,成为艺术文化舆论常议常新的热点。我们面前的这套画集,是这一群体献给社会的一份最新、最隆重的礼物。

中外艺术史上,大浪淘尽千古风流,而"长安画派"为什么却能穿越漫长岁月严酷的检验,以常青而鲜活的生命展尽风采?

20 世纪中叶,以石鲁为代表的从延安南下的国画家和以赵望云为代表的在国统区探索前进的国画家在西安会师。为了集众家之长进行创新探索,由石鲁提名赵望云为主任,组成了"中国美协西安分会国画研究室",经过辛勤的艺术劳动,在 1961 年组织实施了赵望云、石鲁、何海霞、方济众、康师尧、李梓盛六位专业画家的"北京习作展",引发了炸弹般的反响。以这次"中国美协西安分会国画研究室赴京习作展"及其后的研讨、宣传为标志，"长安画派"
正式亮剑，自此鼎立于中国画坛几十年而不衰。

二

一般论者现在都将"长安画派"的历史划为四个阶段，即：

一、20 世纪 40 年代到 50 年代后期的酝酿探索期。以赵望云在
"西北写生"创作实践所形成的，包括方济众、徐庶之在内的西部艺
术群体，和以石鲁先生、李梓盛、刘旷等在内的延安艺术群体在西
安的汇合为标志，形成了"长安画派"的基础力量和基本追求。

二、20 世纪 50 年代到 60 年代的聚合形成期。在上述两支主力
军的基础上，又调入了何海震、康师尧、郑乃珖、叶访樵等各个方
面、各种风格的画家，组成了一个以多种文化、多种风格为背景的
开放的美术群体，其中既有赵望云、方济众的平民的乡土文化坐标，
又有石鲁、李梓盛的激情的革命文化坐标，还有承袭了张大千流派
的何海霞和工笔传统深厚的康师尧；又各自带着河北、四川、北京、
河南和陕南、陕北不同的地域文化印记，在"中国美协西安分会国
画研究室"中熔冶于一炉，最终以"习作展"为成果，在全国亮相。

三、20 世纪 60 年代末到 70 年代末"文革"10 年的裂变涅槃

期。"长安画派"在这一时期虽然遭到"极左"路线的残酷迫害和"极左"文艺思潮的干扰，整个群体被打得七零八落，但愤怒燃烧诗情，苦难激发生命，困境反倒轰毁了原有外加给他们的一些坐标，促使他们在人生和艺术的裂变中重新探索。新的创造如地火在心中运行。

四、20 世纪 70 年代末到 80 年代末进入新时期后，则进入一个多向发展期。

一些细心的论者发现，不无巧合的是，上述每个阶段都大约是 5 年的时间。而从 1949 年新中国成立到 1982 年石鲁去世，"长安画派"元典画家群体经历的 32 年中，前 16 年环境较为顺畅，后 16 年则无一例外掉入逆境之中。前 16 年中，赵望云和石鲁各担任了 8 年的美协西安分会主席——故而可以说，赵望云和石鲁这两位"长安画派"的旗手，前者是酝酿奠基阶段（20 世纪 40 至 50 年代）的领军人物，"在当代中国画的革新中起着一种'酵母'的作用"[①]；后者是形成发展阶段（20 世纪 60 至 70 年代）的领军人物，"是探索中国画新途的最具创造性的代表之一"[②]。正如方济众理解的："从 40 年代到 50 年代来说，它的代表人物是赵望云，但从 60 年代到 70 年代来说，它的代表人物是石鲁。这可能是不会有什么争议的。"[③]

三

"长安画派"震撼中国画坛最主要的原因是什么？它的艺术精神的核心又是什么？最简明的回答我想应该是："融汇—探索—创新"精神。这是指融汇、探索、创新这三个关键词经过科学组构后，所形成的一种艺术创造路径；也是指画家以不同的个体方式构建了一种具有群体色彩的"融汇—探索—创新"的艺术心理结构。

我们只要读读这几段话，对"长安画派"执着的创新精神便会多少有所感受——

赵望云：五四运动之后的新思潮，使我"知道了艺术不是单纯的模仿，而应该是一种创造"④。

石鲁临终前将"长安画派"的宗旨概括为："探索，不断探索！"他说："艺术创作上不断追求新与美，不仅是艺术必须具有的独创性，而且是艺术反映生活的根本任务。""对待艺术，宁可喜新厌旧，不要守旧忘新。"⑤

何海霞："有人问我究竟属于哪一派，我的回答是：不迷信古人、洋人，但绝不摒弃他们，择其之长为我所用——我即是这一派。"⑥

方济众："有人问我今后在艺术上有何想法：一、必须和'长安画派'拉开距离。二、必须和生活原型拉开距离。三、必须和当代流行画派拉开距离。四、重新返回生活，认识生活；重新返回传统，认识传统（特别是民间传统）。五、摆脱田园诗画风的老调子，创造新时代的新意境。六、不断地抛弃自己，也要在抛弃自己中重新塑造自己。"⑦

这种对探求、创新的追求，何等明快而不可移易！

探求、创新的基本方法和手段是什么呢？那就是"一手伸向生活，一手伸向传统"。"一手伸向生活"，不是匍匐在生活脚下，而是"生活为我出新意，我为生活传精神"（石鲁），而是"这个世界充满着很好的材料，每个地方都能给予我们一种特殊的感觉和充分的意味，引诱着我的精神"（赵望云）。"一手伸向传统"，也不是匍匐在传统脚下，而是将传统中的他者经验和类象经验转化为个体的独特经验，在传统绘画的形式和程式要求中灌注个我的生命体验和艺术手法，使传统获得新的生命，获得现代的艺术表现力。

如果要对"长安画派"的"融汇—探索—创新"精神做一点具体的解读，我想，能将其归纳为"四个出入"——

出入于百年来中国画的各种创新探索，走出自己的路子；

出入于大生活和大生命，以生命体悟催化艺术创新；

出入于黄河文化、西部文化，以新文化因子改变画坛格局；

出入于绘画的中法和西法，执守"国魂西用"，拓出新意。

四

出入于百年来中国画的各种创新探索，走出自己的路子。

20世纪上半叶，中国美术在现代新思潮的催动下，从各个方位和向度上开始了创新探索，有论者将其概括为以齐白石、黄宾虹为代表的传统精进式，以徐悲鸿、蒋兆和为代表的中西古典融合式，以林风眠为代表的中西现代融合式等三种探索路径。

如果将视野放到更大的社会、文化坐标上，其实还存在另一条探索求变的路子，这便是受"五四"新文化运动和"普罗文艺"的影响，于20世纪20年代兴起的"到民众中去"的平民艺术活动，美术界的代表人物之一便是赵望云。他与众不同之处在于，一定程度上涤除了当时狂飙般的革命思潮对文艺创作的简单席卷，而是真正从艺术家的平民情怀和创作实践中去进入。他不但融汇了中国和西方文化中的民生精神，也融汇了中国和西方绘画中表现底层生活的相关形式和技法（如报纸连载形式）。这使他的"农村写生"和"西北写生"具有了超越意识形态的久远的、普适的生命力，被郭沫若誉为"对此颇如读杜少陵之沉痛绝作""中外人士咸惊为'苍头特起'之艺术前锋"。郭氏曾赋诗极尽赞誉之意:"画法无中西,法由心所造。……独我望云子,别开生面貌。我手写我心,时代维妙肖。从兹画史中,长留束鹿赵。"⑧可以说,赵望云早期的实践为"五四"以后中国画的创新探索做了独辟蹊径的贡献,也为后来"长安画派"提出"一手伸向生活,一手伸向传统"的口号奠定了基础。

　　20世纪中叶,经历了延安革命文艺运动和新中国成立初期的社会主义文艺实践,中国画进入了又一个探索创新期。当时的国画创作,面临着如何从为中心服务和实写社会生活的文化犬儒主义和民族虚无主义中超越出来的问题;同时也面临着如何在20世纪四五十年代取得一定成绩的"新中国画"的基础上,更关注回归生命本体和艺术本体,提升、发展为"新文人画"等问题。在这个关键时刻,"长安画派"的另一创始人石鲁,以《转战陕北》等重头作品,引起全国轰动。业界巨擘认为,石鲁强调将画家的个性主体融入客体对象,强调人性人情、印象感觉对生活画面的深度浸润,是开启了一条新路子。石鲁将紧贴当下鲜活的生活与承袭悠远的古典传统,将冷静的理性解悟与火山喷发般的生命激情、艺术激情,在两极的对立中激生出强烈的震荡,形成了那个时期国画创作中罕有的个性特色和艺术张力。

　　如果说赵望云的探索侧重于以生活去激活传统，石鲁的探索则侧重于以国画传统和中国艺术文化的内在特质去提升、再造现实生活。赵望云早年即指出：绘画创造，其一应临摹传统画家之不同法则，其二更需要认真观察一切现实中的事物，以期达到独创之目的。石鲁则进一步提炼出了"一手伸向生活，一手伸向传统"这一卓然独树的口号。

　　此后，随着延安文艺和社会主义文艺几十年的持久影响，"长安画派"群体虽然也无法避免各种政治意识形态概念化、简单化的影响，但总体上，他们一直在艺术创作中为摆脱此类影响而努力。除了坚持、发展赵望云的平民绘画传统，在文艺为人民服务的大方向下，服务中心时，侧重去表现广大民众的生活和感情；还认真研究、领会中国美学精神，从中国画的整体规律即"国画之道"中，寻求从政治意识形态和俄苏绘画的覆盖中走出来，在历史题材、平民生存、田园情趣和山川气度的再现中，融进艺术家的心性、情怀和灵悟，用极具个性的绘画语言，尽可能将客体的再现转化为主体的表现，转化为艺术家生命的倾诉。在那个特定的时代这是何等不容易，它需要的远不止是艺术勇气，还随时会遭遇到政治博弈和生命搏击的风险。"长安画派"在"文革"10年中的命运已经残酷地证明了这一点。

五

出入于大生活和大生命，以生命体悟催化艺术创新。

"长安画派"宗师赵望云，早期以"平民写生"和"西北写生"的巨大影响，被誉为 20 世纪中国画坛"为人生"思潮的先驱。他和弟子黄胄、方济众、徐庶之的作品中，体现出强烈的"艰民生之艰，喜民生之乐"的民众意识。另一位宗师石鲁，早年的《变工队》《兰新路上》《古长城外》等代表作中，也流贯着反映现实新变的炽热情愫。可以说，现实生活、民众生活（尤其是新中国成立后的新生活）一直是这个群体关注的重心。除了直接表现时代新貌，即便是山川风物，在他们笔下也无不有新时代元素的点染和点睛之笔，譬如现代村落、公路、农村和林业劳动者的身影等等。他们关注的人生不是小人生，关注的生活不是小生活，不是个人的一己的生存相，而是大时代中广大民众的生活状态和生存需求，是大时代的走向和蕴于其中的精神和情绪。当然这也是当时全国美术界的一种创作现象，有论者称之为"新中国画"，不无道理。

到了 20 世纪 60 年代，"长安画派"的艺术目光由大生活开始向大生命转型，这种转型在全国画界开风气之先，具有超前性意义，也是 1961 年北京那次标志性"习作展"引起轰动的内在原因。但不久便跌入了"文革"的炼狱，在社会和人生的大痛苦中，他们的灵魂经受了旷古罕有的撕裂，甚至几度面临死亡，但生命却因此而淬火。在炼狱中，他们思考民族、社会、命运和艺术的一些最根本的问题，反倒有了与"极左"思潮和庸俗艺术决绝的勇气。他们开始不约而同地由直面生活、直面时代转向直面人生、直面生命；"新中国画"也便逐渐被"新文人画"所替代。

1970 年以后，获准重操画笔的石鲁一改过去面貌，由社会性题材全面转入大自然山石花木的表现，用随心所欲而又意、理、法、趣均佳的大写意笔墨，融诗、书、画、印为一体，狂放而大气地宣泄艺术家大生命中的激愤，嬉笑怒骂皆成笔墨，野怪乱黑在所不惜。画家从他的文化反思、生命自省出发，大幅度地超越形象，极致地追求意象和寓象。他在 10 年逆境中反复画华山，他将华山人格化，以华山"大风吹宇宙"的气派，塑造傲视权势的精神人格。这一时期的石鲁的确是一位"灵魂爆发型"的大师，让我们时时想起屈原和梵高，想起石涛之恣肆和鲁迅之犀锐。他早年因为崇拜石涛、鲁迅二人而将自己的名字冯亚珩改为"石鲁"，真是丝毫不改初衷。

赵望云晚年尤其是人生最后一年的作品，也同样由早年的实写底层社会，转向自由而随意地在山川自然中寄寓内心情怀。在这时期画家的情怀中，隐隐能感觉到劫后余生的紧张、压抑，还有那种"长太息以掩涕"的感叹，但又总是被恬淡幽深的峦峪、竹林、山居等深深地掩映着，化解着。一位终生没有安宁的人在用画告诉我们，他是那样向往冲和、凝寂的大生命境界。那才是他心灵真正的憧憬。

由"新中国画"到"新文人画"，由大生活到大生命，既是中国儒家文人以天下为己任的精神传统，又有近代进步艺术家铁肩担道义的大丈夫气概，还包含中国西部这块土地给艺术家哺育的那种硬汉子人格，当然更是艺术家内心世界的极度充盈而养成的一种雄气和豪气。除此而外，我们也能感受到一种道家之气、释家之风。那便是以山川自然寄寓心灵追求、平衡时代生活，在大自然中实现大生命的追求；也便是从一个理想的境界来俯瞰当下的人生和时代，在宇宙的大美中奔向大生命的彼岸。

他们出入于大生活和大生命，也同时在道儒释的融汇中更新。

六

出入于黄河文化、西部文化，以新文化因子改变画坛格局。

"长安画派"几位元典画家，在人生背景、文化源流、个人性格

和艺术追求上并非完全一致，他们每个人都是独立的创作主体，各
有自己的特色，却又分明具有某种群体的同一性——这便是作品的
地缘风貌和艺术主张的地缘文化特色。从远处说，他们直承汉唐的
雄强大气，沿袭了古代"边塞诗"铁马冰河、大漠烽烟的质地；从
近处说，他们集群性地重新发掘了中国西部之美，这种壮阔的、苍
莽的、朴厚的美，本是中华文化人格和审美的重要支柱，但宋明之
后，政治经济文化中心东移，西部之美被边缘化了，遭受了太久的
冷漠。赵望云群体对西北之美的发掘，石鲁群体对陕北之美的发掘，
重新将西部推向了艺术表现的中心舞台，并引发、带动了 20 世纪
六七十年代以来国画界乃至整个美术界对中国西部的艺术开发热潮，
产生了像刘文西的《陕北人物组画》、陈丹青的《西藏组画》、罗中
立的《父亲》、邢庆仁的《玫魂色回忆》，还有《蒙古吉祥》这样有
影响力的作品（更不用说"西部电影"、"西部文学"和"西北风"
音乐了）。将中国西部之美推到画坛中心，"长安画派"具有开创性
贡献。

也正是从地缘艺术文化的基点出发，我们看到了"长安画派"
超越地缘的全国性意义。这意义我认为主要表现在三方面：

第一，"长安画派"直承汉唐，以西部美的壮阔、苍莽、朴厚
和野性气质，给几百年中一定程度上被江南文化的秀丽、空灵、柔

美弱化了的中华文化补了钙，输进了鲜活的异质的生命基因，有助于整个中华文化的复壮。

第二，"长安画派"对黄土高原密集性的审美发掘，致力于将地域风貌和时代感情、生命感悟相统一，使中国西部美术得以独立于全国艺术之林，突破了宋以降几百年来中国山水画南派传统的一统天下，改变了中国画格局。

第三，在近代中国画的百年创新史上，"长安画派"没有完全走齐白石、黄宾虹，徐悲鸿、蒋兆和，以及林风眠的探索路径，而是独辟蹊径，一方面融汇上述三条路径的精华，一方面大量发掘西部文化、草根文化和革命文化的因子营养自身，闯出了从西部生活、平民生活、革命生活中提炼、升华、创新的新路子。譬如他们根据表现对象的特点，超越墨皴染色的传统画法，创造了直接用色彩皴山、皴原的新画法——"黄土高原皴"。

七

出入于绘画的中法和西法，在坚守"国魂西用"中拓新意。

近百年来，在探索创新中取得卓然成果的一些国画流派，承袭的侧重点各不相同，却都具有一定的开放兼容性。"长安画派"也如此。他们既反对艺术的民族保守主义，又反对艺术的民族虚无主义，总是在出入于中法和西法、坚守"国魂西用"之中走出创造性的路子来。

"长安画派"在每个历史阶段，一直强调并坚持深入生活，坚持速写、素描客体对象，像西画家那样，在对对象的描摹中切实地积累造型素材，提高造型本领。这个传统从赵望云早年的平民写生、"西北写生"和石鲁的"陕北写生"，到后来赵、石的埃及写生，再到方济众的汉江写生，一直贯穿下来。他们在创新中又能吸收各种西方的艺术营养，像运用西画间色、复色甚至环境色的表现方法，融入国画的色彩表现体系中来。他们对民族保守主义是有着清醒的认识的。

但"长安画派"在更根本的立场上，又是始终信奉并坚守中国绘画美学的精华，其中最为突出的，便是十分强调绘画的主体性原则。"外师造化，中得心源"，"物为画之本，我为画之神"（石鲁），将"心"与"我"即主体放在绘画的核心位置上。这个群体的主将们，创作上几乎都经历了一段由外向内的转化，由更重客体到更重主体，由更重物象到更重心象，由更重形象到更重意境、意象和寓象。而形式语言，也经历了一段由写实到写意、由实写到意写、由摹象表事到抒情写意的变化。他们和艺术上的民族虚无主义也是水火不容的。

出入中西，国魂西用，是"长安画派"融汇—探索—创新重要的动力源。石鲁认为中国画的特征是"程式化"，即中国画将自己的艺术语言凝结为点线、皴擦、晕染等等许多程式单元，根据表现内容和画家情绪的需要，随机构思组合，以产生预期的或意外的效果。中国画就是这样，以形上之形（程式），写形下之形（物象），传形上之神（心象）。程式化使国画家有了更大的心灵再造和笔墨意趣驰骋的空间。其实中国艺术，譬如戏曲，其中的行当（人物程式）、脸谱（绘画程式）、动作（表演程式）和唱腔、曲牌（音乐程式）莫不具有程式化特征。石鲁是将国画纳入中国艺术的总体特征中来思考的。

石鲁在形式上的创新，前一阶段主要是探索具体笔墨的表现力，以适应大时代生活内容的需要。这时候的笔墨，还是为大生活内容服务的。后一阶段的石鲁进入了大生命的喷薄期，更执着于追求心灵的表达。随着这种表达愈来愈强烈、愈纯粹，对笔墨的形式意趣和形而上特征要求也便愈高。异于常态的构图，酣畅奔放的水墨，尖锐峭拔到极具金石味的线条，以至通过画、印、诗、书同步传输心灵信息，都是石鲁的突破性创造。它表明，当艺术家在内转向过程中深入到印象主义、表现主义的堂奥时，国画、西画，八大山人、毕加索竟然本是一体。

赵望云这种由外而内、由象而意的转化，时间绵延得更长。平民写生和西北写生时期的他，主要是写实的、实写的，构图立足于西方的焦点透视。到 20 世纪 50 年代和 60 年代初，他的山川风物虽更重笔墨情趣，也更具中国笔墨意味，但总体上还没有走出以表现生活客体为主的路子，与古代传统山水的章法意味明显不同。是"文革"的迫害给了他艺术创造决绝性的勇气。晚年，他以炉火纯青的国画笔墨，在宣纸上随兴漫步，以平朴天成而又无比清新的水墨线条组成旋律，任心中块垒流淌奔放，达到了无为而为、无法而法的境界。

"长安画派"留给我们的，远不止收在这本集子里的艺术精品，更重要的是这个群体永不移易、永不枯竭的艺术创造精神。他们的实践证明，只要有了这种创造精神，有了融汇—探索—创造的艺术心理结构和创作实践经验，那便无论在什么历史时段、什么生命空间、什么人生境遇、什么艺术风潮之中，都会寻找到一片属于自己的创造天地，都会用生命和艺术浇灌出风姿绰约的创造之果来。

注释：

　①李松涛.在"赵望云诞辰 86 周年纪念展"研讨会上的发言 [C] // 程征.长安中国画坛论集.西安：陕西人民美术出版社，

1998：43.

②刘曦林.石鲁的旅程与艺术风神［G］//中国近现代名家画集——石鲁.北京：人民美术出版社，1996.

③方济众.我所理解的“长安画派”［M］//程征.长安中国画坛论集.西安：陕西人民美术出版社，1998：42.

④赵望云.赵望云自述［M］//程征.长安中国画坛论集.西安：陕西人民美术出版社，1998：141.

⑤石鲁.新与美——谈美术创作问题［J］//思想战线，1959（12）.

⑥何海霞.写在前面的话——何海霞画集自序［M］//何海霞画集.北京：人民美术出版社，1986.

⑦方济众.谈艺录［M］//程征.长安中国画坛论集.西安：陕西人民美术出版社，1998：341.

⑧见重庆《新华日报》1943年1月23日关于赵望云画展的报道及当时媒体评论，转引自梁鑫喆编《长安画派研究》（陕西人民出版社2002年第一版）183页。郭沫若赠赵望云诗，作于民国三十二年（1943年）元月参观“赵望云西北河西写生画展”后。